姜夔詩词鉴赏辞典

上海辞书出版社文学鉴赏辞典编纂中心编

上海辞书出版社

《姜夔诗词鉴赏辞典》领衔撰稿

缪　钺　邓小军　曹慕樊　王季思　周啸天　蒋哲伦

撰稿人(按姓氏笔画排列)

马祖熙　王双启　王季思　孔燕妮　邓小军　艾治平
朱世英　朱德才　刘乃昌　刘文忠　刘扬忠　刘学锴
刘竞飞　许理绚　何林天　周啸天　周慧珍　顾之京
徐永年　徐培均　高　原　唐葆祥　黄　珅　曹慕樊
崔海正　蒋哲伦　缪　钺　潘君昭

责任编辑　刘小明　霍丽丽

【前言】

【前言】

姜白石(约 1155—约 1221),名夔,字尧章,号石帚。饶州鄱阳人(今属江西)。父亲姜噩,曾任汉阳县(今属湖北武汉)知县。姜夔年少时,随父宦游。那时他的生活范围主要在湖北、湖南、江西这一带,具体是汉江、洞庭湖、鄱阳湖一带。他很小就表现出诗才,在湖南遇见老诗人萧德藻,很得他的赏识,把侄女嫁给了他,并把他带到浙江湖州。白石三四十岁之后,生活的空间基本在江浙一带,具体就是太湖流域,往来的地方有湖州、杭州、苏州、金陵、合肥等,曾长住杭州。

白石一生布衣,不曾仕宦,生活是很清苦的。宁宗庆元三年(1197),他进献《大乐仪》及《琴瑟考古图》给朝廷,五年,又上《圣宋铙歌吹曲十四首》,得到"免解"的待遇,打破程序,得以与试进士,但没考过,落第了。生活来源,他除了卖字以外,就是靠朋友周济。他所依靠的是些什么人呢?除前面提到的萧德藻外,有苏州的范成大,杭州的张鉴。他结交的还有杨万里、辛弃疾、吴文英等等。晚岁朋辈凋零,生计无着落,六十余岁死于西湖。

白石生活在高、孝、光、宁四个朝代,那是宋金媾和,偏安南方的小朝廷"承平"时候,人们的生活也习以为常了。白石二三十岁的时候到过扬州、合肥等地,去过还不止一次,那已经是这个小朝廷的边疆了。他的《昔游诗》、《扬州慢》、《凄凉犯》都表现了"禾黍之悲"。但三四十岁之后,他的行迹便不出太湖流域了。他经常往来的范成大、张鉴两家,都有园林之盛、声妓之娱。在这种生活环境中,他的作品内容相对狭窄。

白石少有文名,工诗、词、骈文,善书法,通晓音律。他的诗现存一百八十多首,初学黄庭坚,中年摆脱江西诗派束缚,转而追随晚唐陆龟蒙。所著《白石道人诗说》主张诗"贵含蓄",要有"韵度"、"气象"、"深远",他的诗在当时和身后都有人给予很高评价,杨万里称之"有裁云缝月之妙思,敲金戛玉之奇声”(《直斋书录解题》卷二〇引)。其诗论,王士禛《渔洋诗话》甚至称其“多精至之论,严羽之前,无与比也”。

当然白石最为人称道的是词。他在文学史上的评价是词比诗高。现存词八十余首,善用洗炼、疏峻的语言,低沉的声调抒写冷僻幽独的心情。其词被誉为“犹诗家之有杜少陵”(宋翔凤《乐府余论》),“文中之有昌黎”(张宗橚《词林纪事》引许昂霄语),“词中之圣”(《七家诗选》)。这些评论,是否确当,当然见仁见智。王国维《人间词话》云:“古今词人格调之高,无如白石。惜不于意境上用力,故觉无言外之味,弦外之响。”白石词格律严密,音节谐美,能自创新谱,上承周邦彦,下开张炎一派,一直影响到清代的浙派词,为文坛所公认。

读白石词,我们应对当时的文学风气有一般的知晓,文学史上,白石和周邦彦词并称“周姜”,周邦彦词承温、韦、柳、秦,到了白石时,大都软媚无力,正好和江西派末流诗作干枯槎枒成对照,从诗家来说,突破这一局面的是杨万里,从词家来说,是姜白石。同时我们更应对当时白石所处环境,及他自身遭际,有更多同情的了解。宋室南渡,一大批贵族官僚避乱江南,其生活有似于南北朝时的南渡士流。陈郁《藏一话腴》云:“(白石)襟期洒落,如晋宋间人。”他们在仕途上没有出路,以“道人”、“雅士”的身份寄生游食,无奈,委曲求全,是生活的常态。白石是才子型的人,多才多艺。才子一般多情,白石对合肥女子的感情,是文学史上的佳话。现存八十多首词中,写对合肥女子怀念的就有十七八首,超过五分之一。这就说明,白石不仅多情,还能深情。本书所选多篇,关涉这部分内容,读者阅读时,可细心体会,如此,也可对白石之为人有进一步的理解。

白石通晓音律,又善于研辞炼句,十分讲究技巧,形成“野云孤飞,去留无迹”(张炎语)的风格,对后世影响很大,对之作文学的鉴赏,是很有意义也很有趣的一件事。

上海辞书出版社文学鉴赏辞典编纂中心

2015.7

缪钺 邓小军 曹慕樊 王季思 周啸天 蒋哲伦等撰写

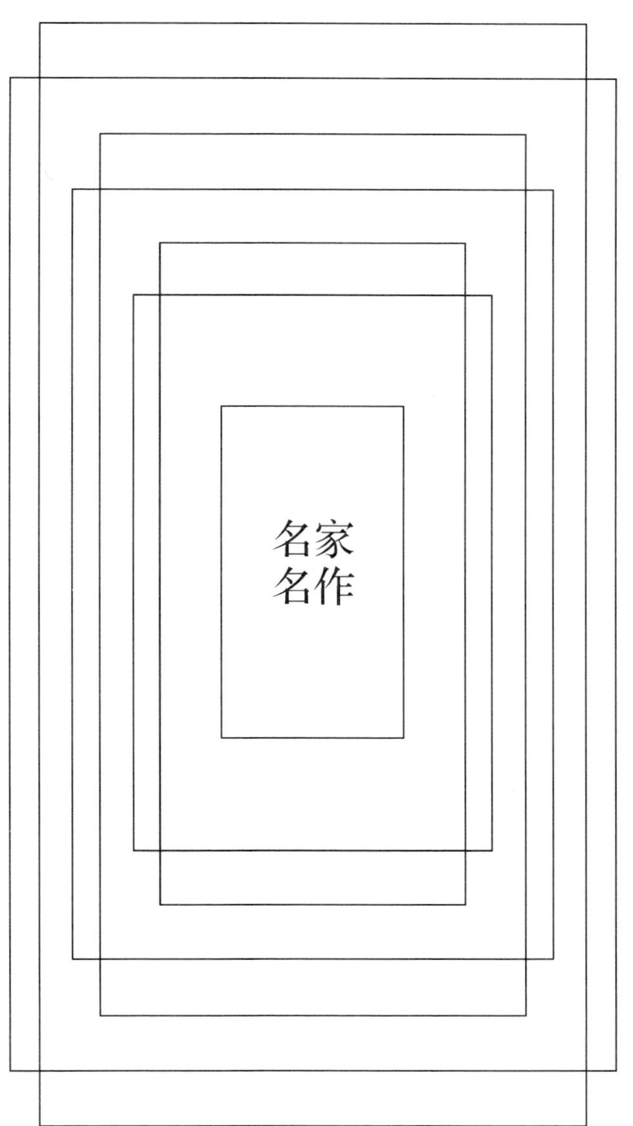

【目录】

词

【目录】

诗

附录

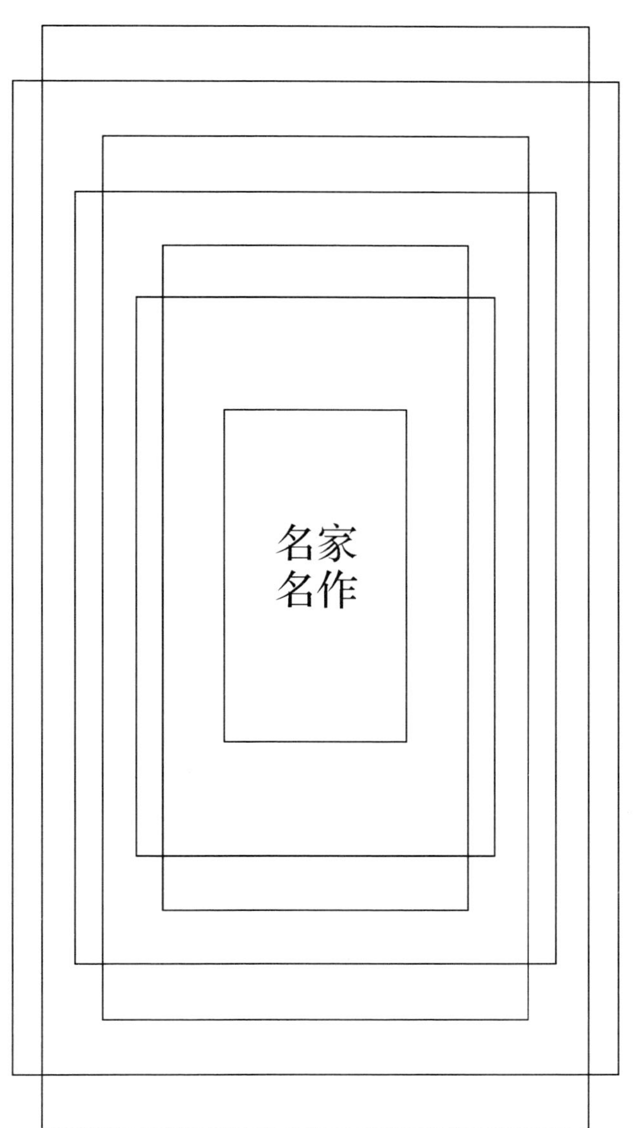

缪钺 邓小军 曹慕樊 王季思 周啸天 蒋哲伦等撰写

【词】

【原文】

小重山令

赋潭州红梅

人绕湘皋月坠时。斜横花树小，浸愁漪。一春幽事有谁知？东风冷，香远茜裙归。　　鸥去昔游非。遥怜花可可，梦依依。九疑云杳断魂啼。相思血，都沁绿筠枝。

这是一首咏物词。张炎说："诗难于咏物，词为尤难。体认稍真，则拘而不畅；模写差远，则晦而不明。要须收纵联密，用事合题，一段意思全在结句，斯为绝妙。"（《词源》卷下）这里标举了咏物词的几条原则：第一，求神似而不求形似；第二，结构上要能放能收，浑成统一；第三，所用典故必须符合题旨；第四，结句必须点明"一段意思"。若用以上原则衡量此词，可谓处处吻合。这首词在调下标明"赋潭州红梅"，在"用事"方面作了限制。潭州（今湖南长沙）盛产红梅，以"潭州红"著称于世。词中从咏红梅入手，但又不粘着于梅，写梅写人，即梅即人，人梅夹写，梅竹交映，蕴含深远，浑然天成，而且放得开去，收得回来，达到"野云孤飞，去留无迹"（张炎《词源》卷下评姜白石词）的妙境。

起句"人绕湘皋月坠时"，点明地点、时间。湘皋，湘江岸边。屈原《离骚》："步余马于兰皋兮。"注："泽曲曰皋。"水滨江岸往往是情人约会的理想场所，加之红梅掩映，更富诗情画意。然而此刻词人不写相聚时的欢乐，而是写离别后的悲哀。一个"绕"字，写出百般无奈，万种离愁。绕者，盘桓也，徘徊也。"月坠"二字说明其"人"（抒情诗中的主人翁常常是作者自己）已在此徘徊良久，也许月到中天就来到江边，也许月儿初上就盘桓花下。

古人写相思或离愁，大多是写室内，不是孤枕寒衾，就是烛残漏尽，这里词人把它换了一个场所，遂觉意境一新。月坠湘皋，环境凄清，以此烘托心境，其愁苦可以想见。第二、第三两句由人及梅，正面点题，从字面看，似有所凭借。林逋《梅花》诗云："疏影横斜水清浅，暗香浮动月黄昏。"然词人不是写梅影映照于水面，而是写梅影浸透在水中，着一"浸"字，感情已很强烈，再以"愁"字状涟漪，则是以愁人之眼观物，物物皆着愁之色彩，这在美学上叫做移情作用。诗人写梅多写其横，写其斜。如苏东坡《和秦太虚忆建溪梅花》诗云："江头千树春欲暗，竹外一枝斜更好。"词人这里不仅写其疏影横斜，而且突出一个"小"字。"花树小"，一作"花自小"。小字有娇小纤弱意。唯其娇弱，更见可爱可怜。试想那横斜的枝条，缀着点点红玉，在朦胧淡月的映照下，它那娇弱的倩影好似浸透在寒冽的涟漪里，其神情多么感人。以上三句用写意的笔法，描绘出潭州红梅独特的品格风貌，定下全篇写离别相思的基调。

"一春"三句是写人，也是写梅。它既承上句，进一步写梅之愁，又从"幽事"渐渐逗引起无限前情，暗暗点出心目中那个"人"来。梅的"一春幽事"是什么？是东风无情，转眼间"又片片，吹尽也，几时见得？"（白石《暗香》）春残花落，惆怅自怜，除梅之外，亦复谁知？"谁知"二字，用得极好，无穷哀怨，尽在其中。"香远茜裙归"，是以茜裙女子的归去，象征梅花之飘零。茜裙，即红裙。香气被寒冷的东风吹远了，而落花仍依恋残枝，在树下盘旋。此句充满了想象，"香"犹花魂，缥缈而去；茜裙则是由花瓣幻化出来的形象，似在眼前。这个幻化出来的形象，跟词人的"幽事"攸关。词人因红梅触发起"一春幽事"，既无人知，也不便人知，郁结心头，辗转不能自已，因而人绕湘皋，徘徊不定。白石少年时在合肥尝有所恋，后屡形之吟咏。据夏承焘先生考证："白石客合肥，尝屡屡来往，……两次离别皆在梅花时候，一为初春，其一疑在冬间。故集中咏梅之词亦如其咏柳，多与此情事有关。”（见《姜白石词编年笺校·行实考》）如《江梅引》“人间离别易多时，见梅枝，忽相思。几度小窗，幽梦手同携。今夜梦中无觅处，漫徘徊，寒侵被，尚未知”。此刻词人来到湘皋，见红梅犹引动相思。那时节春寒料峭，红梅盛开，他与穿着红裙的女子在江边分袂。词人渐行渐远，回首岸边，只见那红裙渐远渐小，以至成为一个红点，就像江边的一朵红梅。……此时此刻，词人又深情地望着江皋的红梅，双眼渐渐模糊，叠化出当年江边的“茜裙”来。人耶？梅耶？扑朔迷离，一时难辨。这样的描写，是写物而不凝滞于物，符合上面张炎所标举的第一个标准。

过片一笔宕开，以“鸥去”结束对往事的回忆。词中本咏红梅，为何一下子又扯到江鸥？此法即张炎所云“收纵联密”中的一个纵字，也就是说放开去写。鸥是眼前的景物，符合湘皋这一特定地点。词人在江皋徘徊，惊起一滩鸥鸟；而鸥鸟的惊叫声、扑翅声又惊醒词人，使他从迷惘的回忆中清醒过来。啊，这一切原来都是幻觉，往昔的情事就像鸥鸟一样飞去了。词写到此处，似乎难以为继，然而“遥怜”二字又把它收回本题，并与上阕的“香远”相互绾合，从而构成一体，得“联密”之致。“花可可”，与前面的“花树小”遥相呼应。可可，小也，形容梅朵小如红点。由于“可可”和下句的“依依”俱为叠字，声韵极美，感情亦甚细腻，细细涵咏，便觉有无穷意味蕴含其间。

《词林纪事》引楼敬思语，说姜白石词“能以翻笔、侧笔取胜”。这首词上阕由梅及人，写己之相思，下阕始则宕开，继则翻转，写对方之相思。从对面写来，将两地相思系于一树红梅，故其相思之情，愈翻愈浓，益转益深。细按“遥怜”以下诸句，即可探知个中消息。这种手法，固然借鉴于杜甫的《月夜》诗“今夜鄜州月，闺中只独看”，却写得迷离惝恍，无迹可求。“九疑”三句，看似写竹，实为写梅。在词人看来，这红梅之红，分明是娥皇、女英的相思血泪染成的，也即自己恋人的相思血泪染成的。这里用湘妃的典故，既关合潭州湖南之地，又借斑竹暗喻红梅，以娥皇、女英对舜帝之相思，比作合肥恋人对己之相思，虽从对面写来，并以侧笔刻画，然却“用事合题”，于理无碍。因为其中“相思血”三字，是牵合梅与竹的媒介。这不是一般的相思泪，而是泪尽继之以血，其色红，其情殷，符合红梅与斑竹的主要特征。贾岛有诗“莫嫌滴沥红斑少，恰是湘妃泪尽时”（《赠人斑竹拄杖》），亦此意也。

这首词在审美价值上是创造了一种含蓄的美，朦胧的美。清人陈廷焯在《白雨斋词话》卷一中说：“所谓沉郁者，意在笔先，神余言外。……凡交情之冷淡，身世之飘零，皆可于一草一木发之。而发之又必若隐若现，欲露不露，反复缠绵，终不许一语道破。”此词没有像一般的咏物词那样，斤斤于一枝一叶的刻画，而是着重于传神写意。它通过“月坠”、“鸥去”、“东风”、“愁漪”以及“绿[illegible]”的渲染烘托，通过“茜裙归”、“断魂啼”、“相思血”的比拟隐喻，塑造出一种具有独特风采的、充满愁苦、浸透相思情味的红梅形象，借以表达对心上人的深深眷恋。然而从未正面点破，只是让读者去吟味，去想象。这种侧面用笔、虚处传神的表现方法，是值得称道的。

（唐葆祥）

江梅引

丙辰之冬，予留梁溪，将诣淮南，不得，因梦思以述志。

人间离别易多时。见梅枝，忽相思。几度小窗幽梦手同携。今夜梦中无觅处，漫徘徊，寒侵被，尚未知。　湿红恨墨浅

【原文】

封题。宝筝空，无雁飞。俊游巷陌，算空有、古木斜晖。旧约扁舟，心事已成非。歌罢淮南春草赋，又萋萋。漂零客，泪满衣。

宋宁宗庆元二年丙辰之冬，姜白石住在无锡梁溪张鉴的庄园里，正值园中腊梅竞放，“花里春风未觉时，美人呵蕊缀横枝”。他见梅而怀念远在安徽合肥的恋人，因作此词，小序指出：“丙辰之冬，予留梁溪，将诣淮南，不得，因梦思以述志。”说明这是藉记梦而抒怀之作。

上片以两种不同梦境反映相思之情。“人间”三句，忆及五年前两人依依难舍的惜别场面，这曾在另几首词中描绘及之：“拟将裙带系郎船”，“玉鞭重倚，却沉吟未上，又萦离思”。时光容易，匆匆五年过去，相会仍是无期。看到“蒻蒻寒花小更垂”的腊梅，想起古人折梅寄赠的雅意，相思之情，悄然而生；然思而不见，就只能求之于梦寐之间了。

“几度”句，写愉悦的梦境。小窗之下，伊人数度入梦，梦里仿佛当年两人携手出游，荡舟赏灯，移筝拨弦，其乐也何如。“今夜”四句，写另一种梦境，今夜伊人未曾入梦，徘徊寻觅，一无所见，自己形单影只，不禁悲从中来，以致寒气侵入衾被，也感觉不到。两种梦境相比，前者能给予暂时的慰安，后者却带来无限的伤感。梦境，本来是虚无缥缈的，词人正是借此进一步诉述别后难以言宣的内心感受。

下片“湿红”三句，用晏小山词意：“泪弹不尽临窗滴，就砚旋研墨。渐写到别来，此情深处，红笺为无色。”寥寥数笺，和泪写成，而无限心事，尽在其中；所恨的是书已成而信难通。缅想伊人当年弹筝情状：“纤指十三弦，细将幽恨传。当筵秋水慢，玉柱斜飞雁。”如今人面不见，那玉柱斜列如飞雁的宝筝也踪影全无。“无雁飞”，有两层含义，一是指无人弹筝，另一是无雁传书，音问难通。亦即秦少游所云："衡阳犹有雁传书，郴阳和雁无。"失望之情，溢于言表。

"俊游"四句，通过回忆透露内心的惆怅和遗憾。先忆旧日同游之地，恐怕巷陌依稀而人事已非，那斜阳枯树，徒然增人悲思。再念别时曾指花相约："问后约、空指蔷薇，算如此江山，甚时重至。"在《送彭仲讷往合肥》诗中，也曾表示后会有期："未老刘郎定重到，烦君说与故人知。"但如今看来是泛舟同游的旧约难践，心事也就难消了。

"歌罢"两句，用《楚辞》淮南小山赋春草之句，"王孙游兮不归，春草生兮萋萋"。眼下冬将尽而草转青，待到春草萋萋之时，赋归恐犹无期。结尾两句，总收全词，梦已醒，人不归；泪下而不能自禁，是既恨相见之难，兼以自叹羁泊，自伤身世。白石恋情词以蕴藉深挚见长，本词也不例外，可说是落落而多低徊不尽的风致。

（潘君昭）

鬲溪梅令

丙辰冬，自无锡归，作此寓意。

好花不与殢香人。浪粼粼。又恐春风归去绿成阴。玉钿何处寻。　　木兰双桨梦中云。小横陈。漫向孤山山下觅盈盈。翠禽啼一春。

人间真正之爱情，乃与生命共长久，虽生离死别而不可磨灭。张孝祥

【鉴赏】

于湖词中怀念李氏之作，白石词中怀念合肥女子之作，皆写此种美好感情。白石《鬲溪梅令》，正是怀人之词。序云："丙辰冬，自无锡归，作此寓意。"丙辰即宋宁宗庆元二年(1196)，词人同时作《江梅引》，序云："丙辰之冬，予留梁溪(无锡)，将诣淮南(指合肥)，不得，因梦思以述志。"此词所寓之意，不应远求，当即《江梅引》所述之志。白石怀人词多涉及梅花，《江梅引》云："见梅枝，忽相思。"此词亦以梅花寓托相思。二词皆以梅名调，亦不可忽。尤其白石怀人诸词多有恐怕归去迟暮之忧思，可以印证此词。如《一萼红》："待得归鞍到时，只怕春深。"《淡黄柳》："怕梨花落尽成秋色。"《长亭怨慢》："韦郎去也，怎忘得玉环分付：第一是早早归来，怕红萼无人为主。"《点绛唇》："淮南好。甚时重到。陌上生青草。"此词所写："又恐春风归去绿成阴。玉钿何处寻。"正是同一心情。故此词实为怀念合肥女子之作。词中之境界，乃词人精诚所至，用想象营造出一如梦如幻之意境。灵心独运，生面别开，与怀人诸词之多用追念结体者颇有不同。

"好花不与殢香人。"起笔空中传恨。好花即梅花，象喻所念女子。以好状花，纯然口语而一往深情，乃词人衷心之礼赞。殢义为滞留，殢香人是词人自道。好花不共惜花人，传尽天地间一大恨事。然而词人至老其犹未悔之意，亦可体味于言外。起笔实为词人平生心态之写照，极空灵之致。"浪粼粼。"词人寤寐求之，求之不得，想象之中，遂觉此梅花所傍之溪水，碧浪粼粼，将好花与惜花人遥相隔绝。此即调名"鬲溪梅"之意。《诗经·汉广》云："汉有游女，不可求思。汉之广矣，不可泳思。江之永矣，不可方思。"《蒹葭》云："所谓伊人，在水一方。溯洄从之，道阻且长。溯游从之，宛在水中央。"千古诗人，精诚所至，想象竟同一神理。"又恐春风归去绿成阴。玉钿何处寻。"想望好花，在水一方。烟波粼粼，不可求之。只怕重归花前，已是春风吹遍，绿叶成阴，好花已无迹可寻。杜牧《叹花》诗云:“自恨寻芳到已迟,往年曾见未开时。如今风摆花狼藉,绿叶成阴子满枝。”此词化用其语意,浑融无迹。“又恐”二字,更道出年年伤春伤别之沉恨。玉钿本为女子之首饰,此转喻梅花之姿媚。此词本以好花象征美人,此则用首饰象喻好花,喻中有喻,而出入无间,真如羚羊挂角,无迹可求。尤妙者,由玉钿之一女性意象,遂幻出过片之美人形象,的是奇笔。

“木兰双桨梦中云。小横陈。”全幅词境本出以想象,过片二句,则是想象中之想象,可谓梦中之梦,幻中之幻。精诚所至,此臻极致。梦寐中,词人忽与萦念已久之美人重逢,共荡扁舟于波心,恍若遨游于云表。木兰双桨,芳舟之美称,语出《楚辞·湘君》:“桂櫂兮兰枻。”芳舟之美,衬托美人之美。采用楚辞字面,愈增梦境情韵之馨逸。小横陈三字,为连绵句,带出美人斜倚舟中之娇态。横陈初看刺目,字面甚似艳冶。然而白石词从无冶辞(朱彝尊《词综发凡》云:“填词最雅,无过石帚。”),细体味之,始知此是词人精心运出之险笔。盖非此二字,不足以写出美人之奇绝,不足以尽传心中之美感也。状以小字,愈见化艳冶为美好。碧浪粼粼,木兰双桨,与美人兮泝流光,此一超轶尘外之境界,实为词人平生魂梦追求所幻出的具备理想神采之意境。《江梅引》云:“旧约扁舟,心事已成非。”正可与此参玩。然而,梦有梦后人醒,云有风流云散。结笔二句,已从梦幻跌回想象中之现境。“漫向孤山山下觅盈盈。翠禽啼一春。”梦醒云散,如花美人已不可见,即好花亦仍不可得。依然是一片绿浪粼粼,惜花之人,在水一方,孤身一人而已。从过片至结笔,词境情节呈大幅度跳跃,裁云缝月之妙,在盈盈二字。《古诗十九首》云:“盈盈楼上女,皎皎当窗牖。”盈盈本为美人之形容,此又借美人转喻好花之姿媚,一语双关,美人之形象遂复幻化为想象中之好花。句首下一漫字,写尽好花亦不可求之失落感。惜花人空向孤山山下寻觅好花,而好花终不可得,一春之中,唯闻翠禽对鸣而已。孤山,本指杭

【鉴赏】

州西湖之孤山。此词写想象之境，何来孤山？其实正是词人弄笔故作狡狯之处。词序明谓“寓意”，何能指实？孤山本多梅花，昔为梅妻鹤子之林逋隐居之处。词中之孤山，不过为好花之地之代语而已。空向好花之地寻觅好花，意味着惜花人纵然重归故地，也已是绿叶成阴，玉钿难寻矣。一春二字结穴，用凄美之字面，象征时间之绵延，实写照出词人爱情悲剧之一生。结句暗用一则神异传说。《龙城录》云：赵师雄，睢阳人，（隋）开皇中过罗浮山，天寒日暮，见林间有酒肆，旁有茅舍，一美人淡妆靓逸，素服出迎，相与扣酒家门共饮，不觉醉卧。即觉，乃在大梅树下，有翠羽嘈唧其上，月落参横，惆怅而已。结笔暗用这一故事，愈增全幅词境如梦如幻之感。

此词艺术造诣确为独到。论意境乃如梦如幻，梦中有梦，幻中有幻。好花象征美人，烟波象征离绝，此是词中第一境界。木兰双桨，梦中美人，乃梦中之梦，幻中之幻，是第二境界。第一境界实为词人平生遭际之写照，第二境界则为其平生理想之象征。营造出如此奇异之意境，真是匪夷所思。论意脉则如裁云缝月，无迹可求。上片以玉钿喻好花，遂幻出如花之美人，下片用盈盈喻好花，又由美人幻为好花。故过片梦境之呈现，真如空中之音，水中之月，妙在莹彻玲珑，不可凑泊，又如野云孤飞，去留无迹。灵心慧思，精湛无伦。论声韵则如敲金戛玉，极为美听。全词八拍，句句叶韵，用平声真文等韵，诵之如闻笙簧。句中兼采双声、叠韵、叠字，如好花、浪粼为双声，成阴、双桨、梦中为叠韵，粼粼、山山、盈盈为叠字，尤增音节之美。过片为意境之升华，词情之高潮，声情亦最为精妙。“木兰双桨梦中云”七字，声调为：入、阳平、阴平、上、去、阴平、阳平，五声递用，叠韵两出，字韵则集中韵母之最美听者：兰、桨、梦、云。真可谓五音繁会，响遏行云。词情声情，令人神迷。杨万里曾激赏白石之诗“有裁云缝月之妙思，敲金戛玉之奇声”（见《直斋书录解题》引），可以移评此词。此词艺术造诣之精湛，实为词人美好情感之升华。

（邓小军）

点绛唇

丁未冬过吴松作

燕雁无心，太湖西畔随云去。数峰清苦。商略黄昏雨。

第四桥边，拟共天随住。今何许。凭栏怀古。残柳参差舞。

不读《点绛唇》“燕雁无心”一词，不足以知白石词堂庑之大、气象之大。此一尺幅短章之意境，包容了自然、人生、历史与时代，亦体现出词人之整个心灵。此词之意境，呈为一宇宙。

南宋淳熙十四年丁未（1187）之冬，白石往返于湖州苏州之间，经过吴松（今江苏苏州市吴江区）时，乃作此词。为何过吴松而作此词？此中自有一番缘故也。白石平生最心仪于晚唐隐逸诗人陆龟蒙，龟蒙生前隐居之地，正是吴松。词序吴松作三字，寓意至深。

上片之境，乃词人俯仰天地之境。“燕雁无心”。燕念平声（yān），北地也。燕雁即北来之雁。时值冬天，正见燕雁南飞。应知龟蒙咏北雁之诗甚多，如《孤雁》：“我生天地间，独作南宾雁。”《归雁》：“北走南征象我曹，天涯迢递翼应劳。”《京口》：“雁频辞蓟北。”《金陵道》：“北雁行行直。”《雁》：“南北路何长。”白石平生浪迹江湖，又心仪龟蒙，诗词亦颇咏雁，诗如《雁图》、《除夜》，词如《浣溪沙》及本词。劈头写入空中之燕雁，正是象喻漂泊之人生。无心即无机心，犹言纯任天然。点出燕雁随节候而飞之无心，则又喻

【鉴赏】

示自己性情之纯任天然。此亦暗用龟蒙诗意。龟蒙《秋赋有期因寄袭美(皮日休)》:“云似无心水似闲。”《和袭美新秋即事》:“心似孤云任所之,世尘中更有谁知。”可以参证。下句紧接无心写出:“太湖西畔随云去。”燕雁随了流云,沿着太湖西畔悠悠飞去。随云点染无心,去字状其飞远。燕雁之远去,申发自己漂泊江湖之感。随云而无心,则申发自己纯任天然之意。宋陈郁《藏一话腴》云:“(白石)襟期洒落,如晋宋间人。语到意工,不期于高远而自高远。”可以印证。唯其身世凄凉襟期洒落如此,下文写出忧国伤时之念,就更深刻。太湖西畔一语,意境无限拓远。太湖包孕吴越,“天水合为一”(龟蒙《初入太湖》)。本词意境实与天地同大也。“数峰清苦。商略黄昏雨。”商略一语,本有商量之义,又有酝酿义,宋人诗词中习见。商量、酝酿,意亦接近。湖上数峰清寂愁苦,黄昏时分,正酝酿着一番雨意。数峰本自清苦,更兼日暮欲雨,此二句既写出雨意酣浓垂垂欲下之江南烟雨风景,亦写出数峰清苦无可奈何而又有所不甘之种种难堪情态。从来拟人写山,鲜此奇绝之笔。卓人月《词统》评云:“商略二字,诞妙。”真会心之言。此是眼前之景,但又含心中之意。欲谛知其意蕴,待证诸下文。

下片之境,乃词人俯仰今古之境。“第四桥边,拟共天随住。”第四桥即“吴江城外之甘泉桥”(郑文焯《绝妙好词校录》),“以泉品居第四”故名(乾隆《苏州府志》)。此是龟蒙之故地。《吴郡图经续志》云:“陆龟蒙宅在松江上甫里。”松江即吴江。天随者,天随子也,龟蒙之自号。天随语出《庄子·在宥》“神动而天随”,意即精神每动皆随顺天然。龟蒙又自称江湖散人,《江湖散人传》云:“散人,散诞之人也。心散,意散,形散,神散,既无羁限,为时之怪民。”此一散字,亦可训解为纯任天然。但在世俗眼中,便是怪诞了。龟蒙学有本原,胸怀济世之志,其《村夜二首》云:“岂无致君术,尧舜不上下。岂无活国力,颇牧齐教化。”可是他身当晚唐末世,举进士又不第,只好隐逸江湖。白石平生亦非无壮志,《昔游》诗云:“徘徊望神州,沉叹英雄寡。”《永遇乐》:“中原生聚,神京耆老,南望长淮金鼓。”但他亦试进士而不第,漂泊江湖一生。此陆、姜二人相似之一也。龟蒙精于《春秋》,其《甫里先生传》自述:“性野逸无羁检,好读古圣人书,探大籍识大义”,“贞元中,韩晋公尝著《春秋通例》,刻之于石”,“而颠倒漫漶翳塞,无一通者,殆将百年,人不敢指斥疵颣,先生恐疑误后学,乃著书摭而辨之”。龟蒙与皮日休唱和诸五古,动辄数百千言,皆对中国历史文化心诵默念,作全幅体认,乃晚唐诗中皇皇巨制。白石则精于礼乐,曾于庆元三年(1197)“进《大乐议》于朝”,时南渡已六七十载,乐典久亡,白石对当时乐制包括乐器、乐曲、歌辞,提出全面批评与建树之构想,“书奏,诏付太常”(《宋史·乐志六》)。以布衣而对传统文化负有高度责任感,此二人又一相同也。白石对龟蒙认同既深,神理相接,致有“沉思只羡天随子,蓑笠寒江过一生”(《三高祠》诗),及“三生定是陆天随”(《除夜》诗)之语。第四桥边,拟共天随住,亦此意也。第四桥边,其地仍在,天随子,其人往矣。中间下“拟共”二字,便将仍在之故地与已往之古人与自己粘连起来,泯没了古今时间之界限。真是深情所至,古今相通。《孟子·万章下》:“天下之善士,斯友天下之善士。以友天下之善士为未足,又尚论古之人,……是尚友也。”正是白石之谓也。住之一字亦可玩味,尚友古人数百年,安身立命天地间,意内而言外矣。此句收笔极重。以上写了自然、人生、历史,结笔更写出现时代,笔力无限。“今何许。凭栏怀古。残柳参差舞。”何许二字,语意极活,涵盖极大。何许有何时义,阮籍《咏怀》:“良辰在何许,凝霜沾衣襟。”可证。又有何处义,杜甫《宿青溪》:“我生本飘飘,今复在何许。”可证。还有为何义,万楚《题情人药栏》:“敛眉语芳草,何许太无情。”可证。更有如何义,陆游《桃源忆故人》:“试问岁华何许?芳草连天暮。”可证。“今何许”,笔势无限提升,意蕴无限广大。总而言之,是今世如何之意。析而言之,则兼含今是何世、世运至于

【鉴赏】

何处、为何至此之意。此是囊括宇宙、人生、历史、时代之一大反诘，是充满哲学反思意味及积极入世精神之一大反诘。而其中重点，端在“今”之一字。凭栏怀古，气象阔大。古与今上下映照成文，补足此当头一大反诘之历史意蕴。应知此地古属吴越，吴越兴亡之殷鉴，曾引起晚唐龟蒙之悲怀：“香径长洲尽棘丛，奢云艳雨只悲风。吴王事事须亡国，未必西施胜六宫。”(《吴宫怀古》)亦不能不引起南宋白石之悲怀：“美人台上昔欢娱，今日空台望五湖。残雪未融青草死，苦无麋鹿过姑苏。”(《除夜》)怀古正是伤今。今何许？残柳参差舞。柳本纤弱，哪堪又残，故其舞也参差不齐，然而仍舞。舞之一字执着有力，苍凉之中，无限悲壮。此一自然意象，实为南宋衰世之象征，隐然并有不甘衰灭之意味。而其作为自然意象之本身，则又补足结笔当头一大反诘之自然意蕴。在祖国大诗人之笔下，大自然乃常与祖国分担忧患。结笔之意境，实为南宋国运之写照。反观数峰清苦二句，其意蕴正同于结笔，实为结尾之伏笔。在此九年之前，辛稼轩作《摸鱼儿》，结云：“休去倚危栏，斜阳正在烟柳断肠处。”乃是同一意境。白石本词用舞字结穴，苍凉之中，无限悲壮。

陈廷焯《白雨斋词话》云：“白石长调之妙，冠绝南宋。短章亦有不可及者，如《点绛唇・丁未冬过吴松作》一阕，通首只写眼前景物，至结处云‘今何许。凭栏怀古。残柳参差舞’，感时伤事，只用今何许三字提唱，凭栏怀古下仅以残柳五字咏叹了之，无穷哀感，都在虚处，令读者吊古伤今，不能自止，洵推绝调。”此评可谓卓见。此词将身世之感、家国之悲融为一片，乃南宋爱国词中无价瑰宝。而身世家国皆以自然意象出之，自然意象在词中占优势，又将自然、人生、历史(尚友天随与怀古)、时代打成一片。赋家之心，苞括宇宙，此之谓也。尤其“今何许”之一大反诘，其意义虽着重于今，但其意味实远远超越之，乃是词人面对自然、人生、历史、时代所提出之一哲学反思。全词意境遂亦提升至于哲理高度。“今何许”，真可媲美于《桃花源记》"问今是何世",《登幽州台歌》"前不见古人,后不见来者"。全词种种寄托,皆在虚处,若非了解其中历史文化及词学传统之意蕴,则无从谛知其真谛。此词艺术造诣,高度体现出白石词"清气盘空,如野云孤飞,去留无迹"(戈载《七家词选》)之特色。而声情之配合亦极精妙。上片首句首二字燕雁为叠韵,末句三四字黄昏为双声,下片同位句同位字第四又为叠韵,参差又为双声。分毫不爽,天然合度。双声叠韵之复沓,妙用在于为此一尺幅短章增添了声情绵绵无尽之致。

(邓小军)

点绛唇

金谷人归,绿杨低扫吹笙道。数声啼鸟,也学相思调。　　月落潮生,掇送刘郎老。淮南好,甚时重到?陌上生春草。

这是写离情的词。上片说聚首的欢愉,下片写分携的痛苦。上下片内容不是同时。欢聚或在春晚、夏初。离散似是冬季。

据有些词论家的意见,白石苦恋合肥琵琶伎(据夏承焘考证,为姐妹二人)。词人以宋光宗绍熙元年庚戌(1190)到合肥,见《淡黄柳》词序,第二年辛亥正月二十四日离开,见《浣溪沙》词序。又据一些词看,辛亥年他似乎再到过合肥,经秋再次离去。这首《点绛唇》就是再到合肥又离去时的作品。请参看夏承焘《姜白石词编年笺校》所载《行实考》第七《合肥词事》。知道这件事至少对欣赏这首《点绛唇》是有益的。

首句"金谷人归",金谷是什么意思?除普通以代指园中多美人以外,

【鉴赏】

还有三种可能：(一) 或暗示琵琶女姓梁。《岭表录异》上云："石崇以明珠三斛换绿珠于容州，本姓梁氏。"(二) 或美其人妙解音律。干宝《晋纪》云："石崇有伎人绿珠，美而工笛。"与本词下句"吹笙"疑有联系。(三) 或意在引起一极美好的宜于美人的环境的想象。庾信《春赋》云："河阳一县并是花，金谷从来满园树。"白石《凄凉犯》词序云："合肥巷陌皆种柳。"此金谷一喻之根据。夫合肥当日不过一荒凉边城。"出城四顾，则荒野烟草，不胜凄黯。"(《凄凉犯》词序)"巷陌凄凉，与江左异。"(《淡黄柳》词序)似此城郭，岂宜为美人居止？幸其多柳，故不惜重笔渲衬，比于金谷，差足为伊人居处增色，不是随意用典。

这还不是本词妙笔。其妙在起句即顿，对于爱侣的容妆，两情的契合，不着一字。以下三句，都只写景。本来，世间情人相对，一举手一投足，一颦一笑，都直见深心，更不容一语表白，何况文字？这就是写情常寓于景，写景就是写情的心理根据。玉田《词源》卷下"离情"说："言情之词，必藉景色映托，乃具深婉流美之致。"实际上，久别重逢、患难遭遇的两心，是言语道断，不容拟议的。一定要表示，只有藉外物来表示倒容易些。再说，所谓写景，不过是词人把自己的感情喷射向外物，与物"一化"，就是庄子所谓"物化"。这里的绿杨啼鸟，实际是词人对吹笙人的整个灵魂的拥抱。还不仅此，不仅是词人化身为自然来"庄严"自己的情人，而且，尤其是，在词人眼中，她俨然就是宇宙的中心，是君临自然的。一切都是为了她而奉献的。中国传统文学中此例颇多，我想只举曹子建的《洛神赋》。当写到人神心通的时候，洛神感动了。于是"屏翳(雨师)收风，川后静波，冯夷(河神)鸣鼓，女娲(这里用为音乐女神)清歌"。看吧，洛神就是人间天上的中心，因为她就是美和爱。但创造的魔杖还是握在诗人(或词人)的手中的。诗人是可以驱遣鬼神，再创造世界的。韩愈说李白、杜甫"陵暴万象"，当作如是理解。

本词虽分两片，却非平列。上片是追忆，追忆似水的柔情，如梦的深永。下片是词的现实世界。下片写诀别。“月落潮生”，语出元稹《重赠乐天》：“明朝又向江头别，月落潮平是去时。”“掇送”犹断送（张相说）。“刘郎”，用入天台山遇仙女的刘晨自比。“天若有情天亦老”，何况自知无分再见神仙的刘郎呢？“淮南好”，好，难道不是因为有那人么？一语即转，如闻哽咽。淮南二字连末句看。用淮南小山《招隐士赋》：“王孙游兮不归，芳草兮萋萋。”这和《江梅引》结韵同意。彼词说：“歌罢淮南春草赋，又萋萋。漂零客，泪满衣。”本词“陌上生春草”五字截断众流。顿时使上片的“小得团圞”（玉溪句：“小得团圞足怨嗟”），尽成愁绪。杜牧之诗：“恨如春草多，事与孤鸿去”（《题安州浮云寺楼寄湖州张郎中》），可以题此词。

（曹慕樊）

忆王孙

鄱阳彭氏小楼作。

冷红叶叶下塘秋，长与行云共一舟。零落江南不自由。两绸缪，料得吟鸾夜夜愁。

鄱阳，是词人的故乡。彭氏为宋代鄱阳世族，神宗时彭汝砺官至宝文阁直学士，家声颇为显赫。此词写秋日登彭氏小楼，感喟身世，并对远离的情侣寄予深沉的思念。

【鉴赏】

起句以写景渐引，并点明节序。冷红，盖指枫叶。霜后的枫叶一片绯红，在肃杀的秋风中，正一叶一叶飘落到秋塘中去。用“冷红”形容飘散的枫叶，景中含情，以凄冷的气氛笼罩全词。古代文人伤时悲秋，见秋风落叶，或怀念故土，或慨叹飘零，并不稀见。不过，次句“长与行云共一舟”，遣词措意颇为新颖。行云，常用来比喻踪迹不定的游子。如曹植《王仲宣诔》：“行云徘徊，游鱼失浪。”张协《杂诗》：“流波恋旧浦，行云思故山。”姜夔一生未仕，四处漂泊，用“行云”来象征其身世，很为恰切。这里他不直说身如行云，而偏说“长与行云共一舟”，这就不落俗套。词人浪迹江湖，游踪无定，乘舟走到哪里，天上的行云也仿佛跟到哪里，这难道不是与行云“共一舟”么？以上两句，泛写登楼所见所感，不仅切合当时所处的环境，其创意出奇之处，也透露出姜词“气体超妙”（陈廷焯《白雨斋词话》卷二）的特色。下一句承上意，具体点明所处之地。不自由，即不由自主。个中原因可想而知，穷愁潦倒的知识分子为生计所迫，或寄人篱下，或因人远游，辗转风尘，哪有安身立命之地？“不自由”，看似浅淡，却道出了无穷的酸辛。游子在孤独落寞之际，总要想起知心体贴自己的故旧或亲人，结尾两句即由抒写身世转到怀人。“两绸缪”，一笔两用，兼写男女双方。绸缪，缠绵之意。《诗经·唐风·绸缪》：“绸缪束薪。”李陵《与苏武三首》：“独有盈觞酒，与子结绸缪。”此句写双方情意绵绵，相互思念。“料得吟鸾夜夜愁”则专写对方。古人常以鸾凤喻夫妇，此处“吟鸾”而加上“料得”，当指夜不成寐的伊人。由自己思念对方而想到对方会无限思念自己，透过一层，感情更为深至。“夜夜愁”，写出对方无夜不思，无夜不愁。词人相信对方对自己如此真挚思念，也正反映了词人对于对方的一往深情。

这首小词以景语起，以情语结，将身世之感与怀人之思自然地结合起来，于清新明快中饶有含蓄蕴藉的风致。

（刘乃昌　崔海正）

鹧鸪天

己酉之秋，苕溪记所见。

京洛风流绝代人，因何风絮落溪津？笼鞋浅出鸦头袜，知是凌波缥缈身。　　红乍笑，绿长嚬。与谁同度可怜春？鸳鸯独宿何曾惯，化作西楼一缕云。

宋孝宗淳熙十六年(1189)，姜夔在苕溪(今浙江湖州)为一位不幸妇女的身世所感动，写下了这首词。

京洛，河南洛阳。周平王开始建都于此，后来东汉的首都也在这里，所以又称京洛。后人使用此词包括洛阳或京都两种含义。风流，指品格超逸。开篇即写这个妇女出处不凡，她来自南宋的都城临安；她既有高超的品格，又有举世无双的美貌。首句“京洛风流绝代人”七个字，包括这样三层意思。

正是这样一个可羡、可敬、可亲的人，“因何风絮落溪津”？为何你像风中飞絮似的，飘落到苕溪的渡口来呢？说她的来到苕溪是如柳絮的随风飘落，含意深厚。“颠狂柳絮随风舞”(杜甫《绝句漫兴》)，这风中之絮是不由自主，又是无人怜惜的。“春色三分，二分尘土，一分流水”(苏轼《水龙吟·次韵章质夫杨花词》)，这委身于尘土和流水的柳絮，命运就更悲惨了。用风中之絮来比喻人，暗示人的凄苦不幸，一个“落”字双关出人与柳絮的同等命运。这句前面用“因何”这一似问非问的句式，后面用荒僻的“溪津”与繁华的“京洛”作对比，入木三分地写出了这个“风流绝代人”的不幸遭遇。

【鉴赏】

“笼鞋浅出鸦头袜”。笼鞋，鞋面较宽的鞋子。鸦头袜，古代妇女穿的分出足趾的袜子。这句是说从笼鞋中微微地露出了鸦头袜，还须与下句“知是凌波缥缈身”联系起来看。曹植《洛神赋》形容洛水女神是“体迅飞凫，飘忽若神；凌波微步，罗袜生尘”。这词里的女子穿了这样款式的鞋袜，脚步轻盈，如宓妃洛神一般。从溪边渡口看到绝代佳人，并从她的鞋袜，联想到以洛神来比拟她，虽似夸张，却极自然。这仍是对“风流绝代人”的赞美：她高洁，飘逸，和一般风尘女子迥然不同。

过片，径直叙说她的辛酸生活，并明白表示对她不幸遭遇的同情。“红乍笑，绿长嚬。”“红”，指她朱红的嘴唇，说轻启朱唇，露出浅浅的笑；或说红指她笑时莲脸生春；总之是说她笑时很美。“绿”，指青黛色的眉毛，说双眉紧蹙，胸怀忧伤。“乍”，表示时间短暂，与“长”相对。说明她笑时短，嚬时长。仅用六个字，不仅写出了人的神情表现，而且写出了人的内心隐秘。这笑，看来是勉为欢笑，而嚬才是真情的流露。相似的写法在词里颇常见，如“修眉敛黛，遥山横翠，相对结春愁”（柳永《少年游》），十三个字只写出了人的“春愁”；“娇香淡染胭脂雪，愁春细画弯弯月”（晏幾道《菩萨蛮》），十四个字只写了人在梳妆打扮时而“愁春”。它们都没有姜词这样言简意丰，韵味悠远。

“与谁同度可怜春”。春天无限美好，可是面对这样的良辰美景，有谁与她共同度过呢？有谁，即没有谁。贺铸有“锦瑟华年谁与度”（《青玉案》）句，与此很相似。这深情的一问，不仅表现出词人对她的同情，而且写出了她的孤苦寂寞。从整首词看，所写是一个歌妓之类的人物。她在繁华的京城也许曾经有过“一曲红绡不知数”的美好时光，如今却被冷落，无人与度芳春。对于她的坎坷情事，词人一个字也没有写，女主人公也始终未发一语，全从我之“所见”方面着笔。这样词人的同情之感，表达得酣畅淋漓，人物形象也栩栩可见，特别最后两句更是神来之笔：“鸳鸯独宿何曾惯，化作西楼一缕云”！

【鉴赏】

古人传说鸳鸯是双宿双飞，形影不离的水鸟，常用来作为夫妻间爱情的象征。“鸳鸯独宿”，深一层表明无人与之“同度”，只剩下孤零零一个人了。“何曾惯”，也深一层地流露出她的忆旧念往，直至今天仍怀着感情上的苦闷。因此接着说：“化作西楼一缕云。”宋玉《高唐赋》载巫山神女与楚王的故事：“妾在巫山之阳，高丘之阻，旦为朝云，暮为行雨，朝朝暮暮，阳台之下。”说她化作西楼上空一缕飞云，如巫山神女，对过去那“朝朝暮暮，阳台之下”的欢愉情景，不能忘怀，表现出她对爱情生活的追求。

从整首词来看，无论思想性艺术性都臻上乘。对如“风絮落溪津”的“风流绝代人”，表示出深切的同情。开头似是直叙其事，但仍保持了姜词的“清虚骚雅，每于伊郁中饶蕴藉”（《白雨斋词话》）的风格。本来这样一位风靡帝京的绝代佳人，不应该“五陵年少争缠头，一曲红绡不知数”么，可是她的命运却完全相反。“因何”二字，含着词人深情的感喟。同时，对于她的“风流绝代”，看似着笔很轻，只写她穿的是极普通的鞋袜，但接以“知是凌波缥缈身”，把她与“荣曜秋菊，华茂春松”的洛神联系起来，说她有着秋菊春松一样的品格，就不只是说她的穿着打扮了。这两句正是语直而脉不露的。过片两个三字短句，极其精练，从“乍”和“长”两个似炼而不炼的字中，词人的同情已隐含其中，接以“与谁同度可怜春”的一问，从隐到显，为不幸绝代佳人的感喟之情，至此才明白地表示出来。最后把她比作一只孤零零的鸳鸯，却仍坚贞自守，完成了对“风流绝代人”的塑造，而词人“哀其不幸”的仁者之心，贯穿始终，浑然深厚。本词用笔，有时从实处落墨，有时虚处着笔（如“笼鞋”以下四句），但它“无穷哀怨，都在虚处”（陈廷焯《白雨斋词话》评姜夔《点绛唇》结句语），清空中含有意趣，与实处落墨取到虚实相生别有意味的艺术效果。李调元谓此词末二句“不但韵高，亦由笔妙”（《雨村词话》），其实是可以移来作为全词的评语的。

（艾治平）

【原文】

鹧鸪天

正月十一日观灯。

巷陌风光纵赏时，笼纱未出马先嘶。白头居士无呵殿，只有乘肩小女随。　　花满市，月侵衣，少年情事老来悲。沙河塘上春寒浅，看了游人缓缓归。

元宵为我国传统节日。据周密《武林旧事》卷二记载，南宋时，“自去岁赏菊灯之后，迤逦试灯，谓之预赏。一入新正，灯火日盛”。此词题作“正月十一日观灯”，乃写灯节前的预赏。然词人着眼点不在写节日之欢乐，而在抒身世之感慨。所谓“以乐景写哀情”，便是此词的特色所在。

起首二句先描述临安元宵节前预赏花灯的盛况。这一天大街小巷张满各色灯彩，士庶熙熙攘攘，纵情游赏。“笼纱未出马先嘶”一句，写当时赏灯情景，非常符合历史真实。据吴自牧《梦粱录》卷一“元宵”云：“公子王孙，五陵年少，更以纱笼（即灯笼）喝道，将带佳人美女，遍地游赏。”笼纱即纱笼。词人仅以七字概括了这些贵族公子外出观灯的气派，正如况周颐所说：“七字写出华贵气象，却淡隽不涉俗。”（《蕙风词话》卷二）华贵而不俗，淡隽而有味，意境可谓高远。其所以达到如此艺术效果，主要是因为词人从侧面着笔，故能先声夺人，使读者产生优美的想象。若从正面落墨，不知要费多少气力，然终不如此句的含蓄有味。

“白头”二句，笔锋一转，写自身之寥落。词人一生未入仕途，除了鬻字之外，大都因人存活。此词作于宋宁宗庆元三年(1197)，词人年已四十三岁，犹“移家行都(临安)，依张鉴居，近东青门”(见夏承焘《姜白石系年》引陈思《白石道人年谱》)，拟进《大乐议》。因慨叹年老而功名未立，故自称“白头居士”。所谓“呵殿”，即前呵后殿，指身边随从。这两句正为“笼纱”句反衬：贵家子弟出游，前呼后拥；词人观灯，唯有小女乘肩。“乘肩小女”，旧有二说。《武林旧事》卷二“元夕”云：“都城自旧岁孟冬驾回，已有乘肩小女鼓吹舞绾者数十队，以供贵邸豪家幕次之玩。”系指歌舞艺人。黄庭坚《山谷内集》卷六《陈留市隐》诗序云：陈留市上有刀镊工，惟一女年七岁，日以刀镊所得钱与女醉饱，则簪花吹长笛，肩女而归。诗有“乘肩娇小女”之句。白石此处当用后一事，借以抒写困穷自乐之意，而笔锋也关顾到灯节舞队中的“乘肩小女”。吴文英《玉楼春·京市舞女》有“乘肩争看小腰身”之句，与《武林旧事》所记的“乘肩小女”舞队，同叙南宋临安灯节风光。词人这个“小女”是朴素无华的，不是如“南陌东城”的“舞儿”，穿得“画金刺绣满罗衣”(《武林旧事·元夕》引白石诗)，但加以“乘肩”二字，便俨然也有舞队中人的样子，再以“随”字暗射“呵殿”，这与晋代阮咸，当七月七日循俗晒衣，同族富家皆纱罗锦绮，阮咸独以竹竿挂大布犊鼻裈，云“未能免俗，聊复尔耳”，同一机杼，借以解嘲，亦含激愤。

过片三句转入悲慨。“花满市，月侵衣”，谓灯月交映，景色宜人，此即上阕“巷陌风光”的具体化；“少年情事老来悲”，则是说见此满市花灯，当空皓月，回忆少年时灯夕同游之乐事，而今风光依旧，而人隔天涯，翻成老来之悲。其中盖有所寄寓。词人三天之后又有同调作品云：“肥水东流无尽期，当初不合种相思。……春未绿，鬓先丝。人间别久不成悲。”题作“元夕有所梦”。此云“少年情事老来悲”，彼云“人间别久不成悲”，所悲者何？合肥旧侣不可得见也。这一推测，大概是符合词人的实际的。以手法言之，“花满市，月侵衣”，乃是乐景；“少年”句则是哀情。以乐景写哀，则倍增其哀。细细涵泳，这几句确实是动人的。

结尾二句写夜深灯散，春寒袭人，游人逐渐归去。沙河塘，在钱塘县（今浙江杭州）南五里，苏轼《虞美人》词云："沙河塘里灯初上，水调谁家唱?"王庭珪《初至行在》诗云："行尽沙河塘上路，夜深灯火识升平。"南宋定都临安后，那里已成繁华地区。这里的沙河塘，即首句"巷陌"的具体化；两个结句，也是与起首二句呼应的。来时巷陌马嘶，何其热闹；去时游人缓归，又何其冷清。"游人缓缓归"句似是用吴越王遗妃书中"陌上花开，可缓缓归矣"语，钱塘人好唱《陌上花缓缓曲》，见苏轼《江城子》词小序。前面的"纵赏"，与后面的"看了"，也照应得很周密。词中不仅以乐景衬哀情，而且处处注意到对比与反衬。正是在这种对比、反衬之中，词的主旨得到了很好的体现。

（徐培均）

鹧鸪天

元夕[1]不出

忆昨天街[2]预赏[3]时。柳悭[4]梅小未教知。而今正是欢游夕，却怕春寒自掩扉。　　帘寂寂，月低低。旧情惟有绛都词[5]。芙蓉[6]影暗三更后，卧听邻娃笑语归。

〔注〕 ① 元夕：即元宵，农历正月十五。 ② 天街：京城街道。韩愈《早春呈水部张十八员外二首》："天街小雨润如酥，草色遥看近却无。" ③ 预赏：陈元靓《岁时广记》卷十一引《复雅歌词》："景龙楼先赏，自十二月十五日便放灯，直至上元，谓之'预赏'。" ④ 悭：吝惜。此处形容柳芽才生，柳

眼未开。 ⑤ 绛都词:《绛都春》,词牌名。 ⑥ 芙蓉:荷花灯,代指花灯。

此词作于宋宁宗庆元三年(1197)元宵,姜夔在杭州家中。宋时元宵为一年中最重要的节日之一,情形十分隆重,举城士女出游观灯,在词中亦有大量体现,如柳永《迎新春》:"庆佳节、当三五。列华灯、千门万户。遍九陌、罗绮香风微度。"苏轼《木兰花令》:"万家游赏上春台,十里神仙迷海岛。"周邦彦《解语花·上元》:"风销绛蜡,露浥红莲,花市光相射。"在正月十五之前街上已有花灯,谓之"预赏"。姜夔在预赏之日出去观灯,写了一首《鹧鸪天》:"巷陌风光纵赏时,笼纱未出马先嘶。白头居士无呵殿,只有乘肩小女随。　花满市,月侵衣。少年情事老来悲。沙河塘上春寒浅,看了游人缓缓归。"而在正日反而留在家中不出。

上阕一、二句回忆预赏时的情景,柳叶和梅花都还没有长大,春意未浓,春寒犹在。三、四句,"而今正是欢游夕"扣题"元夕","却怕春寒自掩扉"扣题"不出"。至此题目已完,而诗中的情绪才刚刚发端。"而今"呼应"忆昨","欢游夕"呼应"预赏时","春寒"呼应"柳悭梅小","掩扉"呼应"天街",针线十分细密,层层铺垫,将读者的情绪引至一个关捩点。何以众人皆出观灯而作者独守枯斋?莫非真的因为"春寒"?参考诗人写于预赏时的那首《鹧鸪天》"沙河塘上春寒浅",可见"却怕春寒自掩扉"只是托辞而已,加一"却怕"来强调,正是欲盖弥彰之意,含蓄吞吐之法。

过片荡开一笔,描写家中情景,"帘寂寂,月低低",一派寂寞凄清,与众人的"欢游"形成鲜明对比。"旧情惟有绛都词"终于正面写到诗人的情绪所由。北宋丁仙现写有《绛都春·上元》,描写汴梁元宵的盛况,一派太平盛世之景,"融和又报。乍瑞霭霁色,皇州春早。翠幰竞飞,玉勒争驰都门

【原文】

道。鳌山彩结蓬莱岛。向晚色、双龙衔照。绛绡楼上，彤芝盖底，仰瞻天表。　缥缈。风传帝乐，庆三殿共赏，群仙同到。迤逦御香，飘满人间闻嬉笑。须臾一点星球小。渐隐隐、鸣鞘声杳。游人月下归来，洞天未晓”。诗人的旧情何以集中在一首旧日的元夕词上？原因有二。一是宋室南迁后文人普遍的忧时之感和故国之思，二是姜夔本人的身世感触。这一年姜夔已经四十三岁，依然是个布衣清客，依附于张鉴，靠友人周济为生。人至中年而一事无成，“仗酒祓清愁，花销英气”（《翠楼吟·淳熙丙午冬》），心情自然落寞惆怅。这首象征着故国繁华的《绛都春》引起了诗人的感慨，致使他宁愿在“帘寂寂，月低低”之中独自沉吟，也不愿出去游玩赏灯。

末句“芙蓉影暗三更后，卧听邻娃笑语归”，和李清照的《永遇乐》咏元宵词“如今憔悴，风鬟霜鬓，怕见夜间出去。不如向、帘儿底下，听人笑语”异曲同工。往日盛况与今日漂泊两相对照，既蕴含故国之思，又融入身世之感，意切而词微。而“三更后”诗人犹然不眠，从帘下看月到卧听笑语，更具有一种凄清和寂静之感，这是李词所无的。

（孔燕妮）

鹧鸪天

十六夜出

辇路[1]珠帘两行垂，千枝银烛舞僛僛[2]。东风历历[3]红楼下，谁识三生[4]杜牧之。　欢正好，夜何其[5]，明朝春过小桃枝。鼓声渐远游人散，惆怅归来有月知。

〔注〕①辇路：天子车驾所经之路。　②僛僛：醉舞攲斜貌。　③历

历：象声词，风吹声。 ④ 三生：佛教语，前生、今生、来生。此处指前生。⑤ 夜何其：犹言夜如何。

此词是宋宁宗庆元三年（1197）正月十六，姜夔夜出观灯所作。全篇以叙事代抒情，明写灯节观灯，实则抒发境遇凄凉、遭逢不偶的身世之感。上阕一、二句描述杭州灯节的热闹繁华。皇帝车驾所临，大道通天，街道两旁珠帘密布，千万枝烛烛光随风摆动，璀璨摇曳，如对对舞女，“珠帘两行”对应“千枝银烛”，渲染出一副风流豪奢之景。三、四句情调急转，写诗人经过红楼之下，无人认识，惟有东风飒飒，落寞孤寂之情和一、二句的繁华喧闹形成鲜明对比。这种对比在姜夔词中常常出现，如他前此不久所作另两首元夕主题的《鹧鸪天》，“巷陌风光纵赏时，笼纱未出马先嘶。白头居士无呵殿，只有乘肩小女随。”“芙蓉影暗三更后，卧听邻娃笑语归。”越是繁华欢乐，越是衬托出诗人心境的孤独。姜夔偏爱杜牧，不仅词中常常化用其诗，而且常以杜牧自比，如《琵琶仙》中：“十里扬州，三生杜牧，前事休说。”又如本词，首句“珠帘”既是从杜牧《赠别》“春风十里扬州路，卷上珠帘总不如”而来。诗人将自己比作杜牧，一方面是因为他有类似杜牧“十年一觉扬州梦，赢得青楼薄幸名”（《遣怀》）、“二十四桥明月夜，玉人何处教吹箫”（《寄扬州韩绰判官》）一样的人生经历，少年成名且有过一段浪漫生涯，“少小知名翰墨场，十年心事只凄凉”（《除夜自石湖归苕溪》），“自作新词韵最娇，小红低唱我吹箫”（《过垂虹》）。另一方面是因为他和杜牧一样也是胸怀大志，心性高洁。杜牧“刚直有奇节，不为龊龊小谨”，却最终“困踬不振，怏怏难平”（《唐才子传》），姜夔“襟期洒落，如晋宋间人”（陈郁《藏一话腴》），最后也未能一展抱负，在飘零辗转中度过一生。他引杜牧自比，是情理中事。

过片回到灯节现场，夜色已深，然而人们的欢声笑语依然不断。“明朝春过小桃枝”,催发桃花的除了上阕提到的“东风”,亦有人间的繁华之气。明末名妓柳如是有句很出名的诗“桃花得气美人中”,构思类此。之所以“春过”而不是“春上”或者“春满”,透露出一种四季轮回,春如过客,人亦如过客的意味,呼应了上阕的“东风历历红楼下,谁识三生杜牧之”。诗人在热闹红尘中只是个孤寂的过客,无人识,无人解,无人会,而用更广阔的眼光来看,万物都是红尘中的过客,正所谓“偶开天眼觑红尘,可怜身是眼中人”(王国维《浣西沙》(山寺微茫))。游人渐散,诗人踏上路途,只有天上的满月知晓他的惆怅。“有月知”呼应了上阕的“谁识”,词气连贯如一。越是众人欢乐之时、喧嚣繁华之地,越容易产生寂寞与迷惘之感,这是很多人都有的心理,诗人把这种情绪妥帖地表达了出来,自嘲自解,却并不自怨自艾,使整首词含蓄蕴藉,有寂寞之味而无枯寂之病,诚然大家。

(孔燕妮)

鹧鸪天

元夕有所梦

肥水东流无尽期,当初不合种相思。梦中未比丹青见,暗里忽惊山鸟啼。　　春未绿,鬓先丝。人间别久不成悲。谁教岁岁红莲夜,两处沉吟各自知。

这是一首怀念旧日恋人的情词。姜夔青年时代在合肥曾经有过一段情遇,所恋对象大约是姊妹二人。在长期浪迹江湖中,他写了一系列深切怀念对方的词篇。宋宁宗庆元三年(1197)元夕之夜,他做了一个重见往日

情人的梦，梦醒后写了这首词。这一年，上距合肥初遇时已经二十多年了。

首句以想象中的肥水起兴，兴中含比。肥水分东、西两支，这里指东流经合肥入巢湖的一支。明点“肥水”，不但为交代这段情缘的发生地，兼有表现此时词人沉思遥想之状的作用。映现在词人脑海中的，固不仅有肥水悠悠向东流的形象，且有与合肥情遇有关的一系列或温馨或痛苦的往事。东流无尽期的肥水，在这里既像是悠悠流逝的岁月的象征，又像是在漫长岁月中无穷无尽的相思和别恨的象征，起兴自然而意蕴丰富。正因为这段情缘带来的是无穷无尽的痛苦思念，所以次句翻怨当初不该种下这段相思情缘。“种相思”的“种”字用得精妙。相思子是相思树的果实，故由相思而联想到相思树，又由树引出“种”字。它不但赋予抽象的相思以形象感，而且暗透出它的与时俱增、坚牢不消、在心田中种下刻骨镂心的长恨。“不合”二字，出语峭劲拗折，貌似悔种前缘，实为更有力地表现这种相思的深挚和它对心灵的长期痛苦折磨。

“梦中未比丹青见，暗里忽惊山鸟啼。”三、四两句切题内“有所梦”，分写梦中与梦醒。刻骨相思，遂致入梦，但年深岁久，梦中所见伊人的形象也恍惚难辨，觉得还不如丹青图画所显现的更为真切。细味此句，似是作者藏有所爱女子的画像，平日相思时每常展玩，但总嫌不如面对伊人之真切，及至梦见伊人，却又觉得梦中形象不如丹青的鲜明。或觉丹青不如真容，或觉梦中未比丹青，总因未能重见对方所致。下句在语言上与上句对仗，意思则翻进一层，说梦境迷蒙中，忽然听到山鸟的啼鸣声，惊醒幻梦，遂使这“未比丹青见”的形象也消失无踪。如果说，上句是梦中的遗憾，下句便是梦醒后的惆怅。与所思者暌隔时间之长，地域之远，相见只期于梦中，但连这样不甚真切的梦也做不长，其懊丧更可知。上片至此煞住，而“相思”、“梦见”，意脉不断，下片从另一角度再深入来写。

换头“春未绿”切元夕，开春换岁，又过一年，而春郊绿遍之时犹有所待;“鬓先丝”说自己羁旅漂泊,岁月蹉跎,鬓发已如丝般白了,即使芳春可赏,其奈老何！两句为流水对,语取对照,情抱奇悲,富于象外之致。

接下来“人间别久不成悲”一句,是全词感情的凝聚点,饱含着深刻的人生体验和深沉的悲慨。真正深挚的爱情,总是随着岁月的增积而将记忆的年轮刻得更多更深,但在表面上,这种入骨的相思却并不常表现为热烈的爆发和强烈的外在悲痛,而是像深藏地底的熔岩,在平静甚至是冷漠的外表下潜行着炽热的激流。特别是由于离别年深,年年重复的相思和伤痛已经逐渐使感觉的神经末梢变得有些迟钝和麻木,心田中的悲哀也积累沉淀得太多太重,裹上了一层不易触动的外膜,在这种情况下,就连自己也仿佛意识不到内心深处潜藏的悲哀了。“多情却似总无情”,这“不成悲”的表象正更深刻地反映了内心的深哀剧痛。而当作者清楚地意识到这一点时,悲痛的感情不免更进一层。这是久经感情磨难的中年人更加深沉内敛、也更富于悲剧色彩的感情状态。在这种以近乎麻木的形式表现出来的刻骨铭心的伤痛面前,青年男女的缠绵悱恻、伤离惜别便不免显得浮浅了。

“谁教岁岁红莲夜,两处沉吟各自知。”红莲夜,指元宵灯节,红莲指灯节的花灯。欧阳修《蓦山溪·元夕》“剪红莲满城开遍”,周邦彦《解语花·元宵》“露浥红莲,灯市花相射”,均可证。歇拍以两地相思、心心相知作结。“岁岁”回应首句“无尽”。这里特提“红莲夜”,似不仅为切题,也不仅由于元宵佳节容易触动团圆的联想,恐怕和往日的情缘有关。古代元宵灯节,士女纵赏,正是青年男女结交定情的良宵,欧阳修的《生查子》(去年元夜时)、辛弃疾的《青玉案·元夕》可以帮助理解这一点。因此岁岁此夕,遂倍加思念,以至“有所梦”了。说“沉吟”而不说“相思”,不仅为避复,更因“沉吟”一词带有低头沉思默想的感性形象。“各自知”,既是说彼此都知道双方在互相怀念,又是说这种两地相思的况味(无论是温馨甜美的回忆还是长期别离的痛苦)只有彼此心知。两句用“谁教”提起,似问似慨,像是怨恨某种不可知的力量使双方永隔相思,又像是自怨情痴不能泯灭相思。在深沉刻至的“人间别久不成悲”句之后,用语势较缓而涵义特丰的这两句作结,词的韵味显得悠长深厚。

情词的传统风格偏于秾丽软媚,这首词却以清刚拗健之笔来写刻骨铭心的深情,别具一种清峭隽永的情韵。全篇除“红莲”一词由于关合爱情而较艳丽外,都是用经过锤炼而自然清劲的语言,可谓洗净铅华。词的内容意境也特别空灵蕴藉,纯粹抒情,丝毫不及这段情缘的具体情事。用笔也多拗折之致,像“当初”句、“梦中”句、“人间”句都是显例。特别是“人间”句,寓深悲于平淡的语气口吻、拗折峭劲的句式句格,更显得含意深永,耐人咀嚼。

(刘学锴)

踏莎行

自沔东来,丁未元日至金陵,江上感梦而作。

燕燕轻盈,莺莺娇软。分明又向华胥见。夜长争得薄情知?春初早被相思染。　　别后书辞,别时针线。离魂暗逐郎行远。淮南皓月冷千山,冥冥归去无人管。

“肥水东流无尽期,当初不合种相思。”(姜夔《鹧鸪天》)作者二十多岁时在合肥(宋时属淮南路)结识了某姐妹俩,后来分别了,但他对她们一直眷念不已。淳熙十四年丁未(1187)元旦,姜夔从第二故乡汉阳(宋时沔州)东去湖州途中抵金陵时,梦见了远别的恋人,写下此词。

【鉴赏】

北宋时苏轼听说张先老人买妾，作诗调侃道："诗人老去莺莺在，公子归来燕燕忙。"这首词一开始即借"莺莺燕燕"字面称意中人，从称呼中流露出一种卿卿我我的缠绵情意。这里还有第二重含义，即比喻其人体态"轻盈"如燕，声音"娇软"如莺。可谓善于化用。这"燕燕轻盈，莺莺娇软"乃是词人梦中所见的情境。《列子》载黄帝曾梦游华胥氏之国，故词写好梦云"分明又向华胥见"。夜有所梦，乃是日有所思的缘故。以下又通过梦中情人的自述，体贴对方的相思之情。她含情脉脉道：在这迢迢春夜中，"薄情"人（此为昵称）啊，你又怎能尽知我相思的深重呢？言下大有"换我心，为你心，始知相忆深"的意味。

过片写别后睹物思人，旧情难忘。"别后书辞"，是指情人寄来的书信，检阅犹新；"别时针线"，是指情人为自己所做衣服，尚著在体。二句虽仅写出物件，而不直接言情，然读来皆情至之语。紧接着承上片梦见事，进一层写伊人之情。"离魂暗逐郎行远"，"郎行"即"郎边"，当时熟语，说她甚至连魂魄也脱离躯体，追逐我来到远方。末二句写作者梦醒后深情想象情人魂魄归去的情景：在一片明月光下，淮南千山是如此清冷，她就这样独自归去无人照管。一种惜玉怜香之情，一种深切的负疚之感，洋溢于字里行间，感人至深。

这首词紧扣感梦之主题，以梦见情人开端，又以情人梦魂归去收尾，意境极浑成。词的后半部分，尤见幽绝奇绝。在构思上借鉴了唐传奇《离魂记》，记中倩娘居然能以出窍之灵魂追逐所爱者远游，着想奇妙。在意境与措语上，则又融合了杜诗《梦李白》"魂来枫林青，魂返关塞黑"、《咏怀古迹》"画图省识春风面，环佩空归月夜魂"句意。妙在自然浑融，不着痕迹。王国维说："白石之词，余所最爱者，亦仅二语，曰'淮南皓月冷千山，冥冥归去无人管'。"（《人间词话》删稿）可见评价之高。

（周啸天）

杏花天影

丙午之冬，发沔口。丁未正月二日，道金陵。北望淮楚，风日清淑，小舟挂席，容与波上。

绿丝低拂鸳鸯浦。想桃叶、当时唤渡。又将愁眼与春风，待去；倚兰桡，更少驻。　　金陵路、莺吟燕舞。算潮水、知人最苦。满汀芳草不成归，日暮；更移舟，向甚处？

此词句律，比《杏花天》多出“待去”、“日暮”两个短句，其上三字平仄亦小异，系依旧调作新腔，故名曰《杏花天影》。词序中所说丁未，为孝宗淳熙十四年(1187)。据夏承焘《姜白石词编年笺校》附考其“合肥词事”，白石作此词时年约三十三四岁。他在合肥尝有所遇，“以词语揣之，似是勾阑中姊妹二人”。

白石于上年冬自汉阳随萧德藻乘船东下赴湖州，此年正月初一抵金陵，泊舟江上。当夜有所梦，感而作《踏莎行》(燕燕轻盈)词，次日又写了这首《杏花天影》。起首三句写当地实有之物，咏当地曾有之事。然所云“绿丝”，却非眼中之柳，而是心中之柳。江南虽属春早，但正月初头绝不能柳垂绿丝，惟青青柳眼，或已可见。故首句因柳眼而想到绿丝，而念及巷陌多种柳的合肥。此因柳托兴，而非摹写实景，但也不是凭空落笔；金陵多柳，自古而然，南朝乐府《杨叛儿》云“暂出白门前，杨柳可藏乌”，是其证。“鸳鸯浦”，形容江水之别浦，亦即泊船的所在地。以鸳鸯名浦，不仅使词藻华

【鉴赏】

美，亦借以兴起怀人之思。“想桃叶、当时唤渡”，明点所思之人。桃叶是东晋王献之的妾。献之曾作歌送桃叶渡江云：“桃叶复桃叶，渡江不用楫。但渡无所苦，我自来迎接。”此借指合肥女子。古桃叶渡在金陵秦淮河畔，也是本地风光。见渡口杨柳，想前朝桃叶，再“北望淮楚”，益动合肥之思，这是非常符合生活逻辑的。“又将愁眼与春风”一句，折回所见的柳眼，与起句“绿丝”相呼应。这一句有两重含义：愁人所见的柳眼，自然也成为“愁眼”；春风乍到，柳眼欲绽未绽，恍似含愁。按照常理，春风送暖，柳芽发舒，正是得意之时，词人何以云愁？此盖寓柳可再见而人难重觅之恨也，故着一“愁”字，可见含蓄得妙。“待去；倚兰桡，更少驻”，先是一纵，继而一收，波折顿生，感情极其婉曲。白石此番到金陵本是路过，暂泊即行；但此行一路所经，以金陵距合肥为最近，一经解缆，即将愈驶愈远，故而情势上是“待去”，而行动上则是“少驻”。其心之痴，不待明言，刻画得极其工细。

过片“金陵路”句一扬。自然界的“莺吟燕舞”，于此尚非其时，所指的当然是秦淮佳丽的妙舞清歌。但在白石看来，“曾经沧海难为水”，对之已如不见不闻。他目注淮楚，心系彼人，前缘不再，旧侣难逢。“算潮水、知人最苦”，着力一跌，与上句若不相承，但由彼之欢乐到我之痛苦的过程虽已略去，仍可按察而知，故转折虽骤，却不突兀。“最苦”二字，用语最明白，最平淡，写其此际心情亦最深刻。“此恨谁知”？有“潮水”知。盖此时词人“小舟挂席，容与波上”，唯与潮水为最近。此“潮”，是刘禹锡《金陵五题·石头城》“潮打空城寂寞回”之潮。它阅历千百年人事变迁，睿智渊深，无情不察。词人认为唯潮水能知其“最苦”处，亦兼以潮声呜咽，若与己交流心声者。一“算”字亦非虚下，其意即“算唯有”，包含了除此以外别无知我心者之意。但“潮水”是词人给予人格化了的自然物，然则当前真无知我心之人矣！托喻微妙，感慨亦深。“满汀”一句推想将来。此行千里依人，去汉阳其姊家（白石幼依姊居，中去复来几二十年，视为第二故乡）已远；而今小泊金陵，即行东迈，去所曾游而系心之合肥亦将日远，归计难成，故曰“不成归”。“汀”指江中小洲，写舟中所见；“芳草不成归”，用《楚辞·招隐士》“王孙游兮不归，春草生兮萋萋”语意。含思凄恻，离散之愁，漂泊之感，溢于言外。结尾三句，衬足“苦”字。“日暮”二字，依律为短句叶韵，连上读；然依文意当属下。天色已暮，即移舟就港而宿。词人此时心中惘惘然，更不知它将移泊何处。“向甚处”，此问非问，乃表现茫然不解的神态。盖虽小驻，为时亦已无多，势成欲不去而不能，欲去又不忍，徘徊瞻顾，有不知身在何所之概。无限痛楚，均注于词意转折之中，神情刻画之内。

张炎称姜白石等数家之词“格调不侔，句法挺异，俱能特立清新之意，删削靡曼之词”（《词源》卷下）。这首词怀念合肥旧欢，以健笔写柔情，托意隐微，情深调苦，和一般艳词不同，读后但觉清空骚雅，无一点尘俗气。此词为小令，然布局与慢词相似，在有限的五十八个字中，逞足笔力，尽量铺叙，繁音促节，回环往复，曲折多变，令人一唱三叹。

（徐培均）

浣溪沙

予女须家沔之山阳，左白湖，右云梦，春水方生，浸数千里，冬寒沙露，衰草入云。丙午之秋，予与安甥或荡舟采菱，或举火罝[①]兔，或观鱼簺[②]下；山行野吟，自适其适；凭虚怅望，因赋是阕。

著酒行行满袂风。草枯霜鹘落晴空。销魂都在夕阳中。

【原文】

恨入四弦人欲老，梦寻千驿意难通。当时何似莫匆匆。

〔注〕 ① 罝(jū)：捉兔子的网。 ② 簺(sài)：用竹木编成的断水捕鱼的栏栅。

白石此词作于三十二岁，是怀念合肥女子最早的作品之一。白石与合肥女子最后之别在三十七岁那年。然而，似乎在最后一别之前许久，白石就已预感到爱情的悲剧性质，以致其怀人之作从一开始就充满了沉痛异常的离别之恨。

词前有序。序前半篇写山阳之大观。女须同女媭，指姐姐，姐姐家住汉阳之山阳村，太白湖、云梦泽(代指湖泊群)环抱左右。春水生时，连几千里。冬寒水退，荒草接天。后半篇写游赏之适意。丙午即淳熙十三年(1186)，这年秋天，词人小住姐姐家，与外甥(名安)昼则荡舟采菱，夜则举火捕兔，有时则观看捕鱼。山行野吟，真似自得其乐。然而，末尾突谓："凭虚怅望，因赋是阕。"词人对天怅望，因作此词。原来，游赏之乐竟丝毫无补词人悲伤的心灵。序末正是词篇的引子。

"著酒行行满袂风。"起句写自己带了酒意在原野上走，行行无已，秋风满怀，便觉天地之寥廓。于是纵笔写出下句："草枯霜鹘落晴空。"举目清秋，但见一只苍鹰从晴空中直飞落在枯草无际的原野上。此二句极写天地之高旷，便见出词人之凭虚怅望。于是由景及情，写出下句："销魂都在夕阳中。"歇拍极精警，将情与景、人与宇宙融为一境。境界随夕阳之无极而无限展开，忧伤亦随夕阳之无极而生生无已。有夕阳处有忧伤。忧伤冉冉弥漫遍布于此夕阳无极之境界中。原来上二句所写高旷之天地，竟似容不下词人无限之惆怅。"销魂都在夕阳中"，可媲美于清真《兰陵王》名句"斜阳冉冉春无极”。词人究竟为何销魂如此?“黯然销魂者,唯别而已矣。”(江淹《别赋》)歇拍意脉已引发下片。

“恨入四弦人欲老,梦寻千驿意难通。”过片二句对偶,写想象中之恋人,即合肥女子。上句想象伊人忧伤欲老。四弦指琵琶,清真《浣溪沙》云:“琵琶拨尽四弦悲。”合肥女子妙擅音乐,白石《解连环》云:“为大乔能拨春风,小乔妙移筝。”伊人满怀幽怨沉恨,倾注进琵琶之声,琵琶之声可以怨,但又何能真个解恨?在声声怨恨中,伊人亦憔悴将老矣。白石本年三十二岁,合肥女子年龄谅在三十以下,何至言老?老之一字,下得沉重。不仅写出合肥女子对自己相思成疾,亦写出自己对合肥女子相知之深。不仅如此。白石合肥情遇之深蕴亦于此句见出。琵琶是燕乐主要乐器之一,燕乐正是词乐。合肥女子与白石皆妙擅音乐,乃是知音。可见其爱情之内蕴原是极高雅亦极深厚。下句写伊人梦中相觅之苦。想象及于梦境,愈空灵,愈刻挚。山长水阔,天遥地远,伊人纵然梦飞千驿,也难寻到自己倾诉衷情啊。词情仿佛晏小山《蝶恋花》“梦入江南烟水路。行尽江南,不与离人遇”,但沉痛过之。实则如此惨淡之句,竟为此一爱情悲剧之预谶。白石与合肥女子终身含恨,当非偶然。梦中亦意难平,人生必多恨事。重逢难,梦中相逢亦难。词人不禁从肺腑中发出恨声:“当时何似莫匆匆。”痛恨当时不如不要匆匆分别。实则当日之别,必有不获已之缘故。今日之追悔,便属无可奈何,此一爱情终当成一大恨事矣。结句与晏殊《踏莎行》“当时轻别意中人,山长水远知何处”相若,但细味之,便觉晏词犹出以轻灵淡宕之笔调,姜词却是刻骨镂心之恨语。

全词整体营构颇见白石特色。序与词,上、下片,皆笔无虚设,一脉关联,而又层层翻进,实为浑然一体。序中极写游赏之适意,既引起词中无可排遣的忧伤,又反衬忧伤之沉重。上片极写天地之高旷、夕阳之无极,实为包蕴下片所写相思之遥深、伤心之无限造境。意与境一等相称。纵观全幅，序作引发之势，上片呈外向张势，下片呈内向敛势，虽是小令之作，亦极变化开阖之能事。

此词是白石怀人系列词之序曲。白石怀人词始于此年，终于四十三岁时所作之两首《鹧鸪天》，中间经历之十余年历程，乃人生最可宝贵之一段时光，而其所留下诸词，沉痛之情始终如一。在宋代文学史上，白石怀念合肥女子之系列词，与于湖怀念李氏之系列词、放翁怀念唐婉之系列诗，先后辉映。这些作品感动人心陶冶性情的价值，是不会过时的。

（邓小军）

浣溪沙

辛亥正月二十四日，发合肥。

钗燕笼云晚不忺。拟将裙带系郎船。别离滋味又今年。

杨柳夜寒犹自舞，鸳鸯风急不成眠。些儿闲事莫萦牵。

白石此词，作于绍熙二年辛亥（1191）正月二十四日离别合肥之际。此一别，很可能就是白石与合肥女子最后之别，至少本年之后，即成生离死别。此一爱情于是演为白石一生中之肠断史，生出南宋词中之一段奇情异彩——白石怀人系列词。但这在白石与合肥女子，皆为始料所不及。

上片从女子一方写惜别。“钗燕笼云晚不忺。”钗燕者，带有燕子形状装饰之钗。笼云即挽结云鬟。忺，高兴、适意。晚来梳妆，钗燕笼云，足见临别前夕，惜别情意，何等隆重。“女为悦己者容”，此之谓也。然而，虽说打扮起来，却掩饰不住愁云惨淡。起句写女子之盛为容妆，次句写其言为心声。“拟将裙带系郎船。”裙带如何系得住郎船？此真无理而妙。痴语最见痴情，故妙。用女子之物，道女子之情，又妙。“别离滋味又今年。”只有深味过别离滋味的人，才能在临别之前，体会到即将来临的那种别离滋味。足见相爱多年，已非初别。这寻常的爱情，早含蕴了多少艰难不易。喃喃一语，辛酸何限。凄凉的情味，与美丽的容妆，自成伤心的对照。

下片从自己一面写。“杨柳夜寒犹自舞，鸳鸯风急不成眠”，宛然是词人的声口。你看那寒夜之杨柳，树欲静而风不止，柳枝飞舞，哪得安宁？你看那水上之鸳鸯，风急鸳鸯不成双，鸳鸯也不得安眠。天下事不如意的多，又何止你与我？“些儿闲事莫萦牵。”离别不会久，是寻常小事，你可莫要萦心牵怀、放不下呵！珍重之意，殷勤之情，不尽于言外。不过，话里却暗透出很深的忧伤。鸳鸯风急不成眠，实为不祥之语，实为不幸之预谶，白石合肥情遇，后来终成一生悲剧。

此词不用典实，不假藻绘，纯似口语，而具见性情。上片由女子之容妆写出女子之心声，笔笔都写出足不出户的古代女子之特征——用情专执。下片由风中之杨柳说到风中之鸳鸯，语语都见得饱读诗书的古代读书人特征——尔雅温文。女子只是直说，读书人则言必用比兴。但他比兴用得好，以眼前景，喻心中情，又纯似口语。若将此词搬上舞台，演为一出惜别的折子戏，上片由旦角唱，下片由生角唱，可只字不改，便是一曲本色当行的绝妙好词。不过，话要说回来，这纯似口语的艺术语言，源于词人“纯似友情”(夏承焘《合肥词事考》)的真诚爱心，是从词人性灵肺腑之中自然流出。白石爱情词的本原在于此，其价值亦在于此。

(邓小军)

【原文】

浣溪沙

丙辰岁不尽五日，吴松作。

雁怯重云不肯啼。画船愁过石塘西。打头风浪恶禁持。

春浦渐生迎棹绿，小梅应长亚门枝。一年灯火要人归。

宋宁宗庆元二年丙辰(1196)，白石“移家行都(今杭州)依张鉴(南宋大将张俊之后裔)，居近东青门”(陈思《白石道人年谱》)。本年除夕前五日，白石从无锡乘船归杭州，途中过苏州，经吴松(今江苏苏州市吴江区)，遂作此词。白石平生清客生涯，漂泊江湖，除夕不能回家团圆，已是常事。光宗绍熙二年(1191)除夕之夜，白石自苏州归湖州(时家住湖州)，船上作《除夜自石湖归苕溪》十绝句有云：“沙尾风回一棹寒，椒花今夕不登盘。百年草草都如此，自琢春词剪烛看。”可证。今年除夕，则可到家，词人心情如之何？请读此词。

词前小序甚短，若序若题。丙辰岁不尽五日，点明时间，离除夕五日。吴松作，点明地点，离家已不远。序简练、含蓄，然而气氛可感矣。

“雁怯重云不肯啼。”起笔写向空中。大雁无声，穿过重云，飞向南方。南方温暖，雁儿回归之家也。长空彤云重重密布，雁儿之心情紧张，见于怯字。雁儿之归心似箭，一个劲往南飞，故不肯啼。此一画面，恰成词人载驰载归之写照。妙。“画船愁过石塘西”，次句写出自己。石塘，苏州之小长桥所在。词人乘着画船，迢迢归家，已过石塘，又至吴松，好不急切也。句中著一愁字，便似乎此一画船，是载了满船清愁而行。又妙。既归家，又何愁？原来是："打头风浪恶禁持。"歇拍展开水面。头指船头。恶者，甚辞，猛也、厉害也。禁持，摆布也，禁，念阴平。此皆宋人口语。满河打头风浪，把船猛烈摆布。人间，有风浪猛打船头。天上，有重云遮拦鸟道。天地间事，多不如意呵。又怎得令人不愁！然而，南飞之雁，岂是重云所可遮拦？归家之人，又岂是风浪所能阻挡？此时此地，词人之心，就果真是满载清愁么？

"春浦渐生迎棹绿"。过片仍写水面，意境却已焕然一新。浦者水滨，此指河水。河水涨绿，渐生春意，拍拍迎桨。虽云渐生，可是春之一字，冠了句首，便觉已是春波骀荡，春意盎然。歇拍与过片，对照极鲜明。从狂风恶浪过变而为春波容与，从风浪打头紧接便是春波迎桨，画境转变之大，笔力几于回天。词情急剧硬转，笔致却极轻灵。情尽融于景，又隐秀之至。时犹腊月，词人眼中之河水已俨然是一片春色，则此时词人之心中，自是一片温暖，此可不言而喻。"小梅应长亚门枝。"下句更翻出悬想。离家已久之词人，揣想此时之吾家，门前小梅，新枝生长，几乎高齐门矣。此一意境，何其馨逸，又何其温柔。小梅之初茁，颇似有一番喻意。此时，白石之儿女正当幼年。白石五年前之除夜诗云："千门列炬散林鸦，儿女相思未到家。应是不眠非守岁，小窗春意入灯花。"次年丁巳(庆元三年，1197)元日《鹧鸪天》词云："娇儿学作人间字。"正可印证喻意。经年漂泊在外之人，每一还家，乍见儿女又长高如许，其心情之喜慰，可以想见。小梅应长亚门枝，当是此种人生体验之一呈现。"一年灯火要人归。"结笔化浓情为淡语。除夕守岁之灯火，一年一度而已矣。灯火催人快回家，欢欢喜喜过个年。一笔写出家人盼归之殷切，亦写出自己归意之深切，归兴之浓郁。此是全幅词情发展之必然结穴，又是富于包孕余韵无穷之尾声。

此词显著艺术特色，是兼以哀景、乐景写欢乐，倍增其欢乐之手法，营造意境。上片极写雁怯重云，画船载愁，风浪打头，境象惨淡，笔触沉重，心情亦沉重之至。下片则极写春浦渐绿，小梅长枝，灯火催归，俨然而为一片新天新地，笔致优美空灵，心情则欢愉无已。上片愈是写得愁苦哀感，便愈反突出下片之欢欣鼓舞。上片是衬托，下片才是重点。此种意境之营造，实反映出词人之身世心态。白石《湖上寓居杂咏》诗云："平生最识江湖味。"平生漂泊江湖，心境常是愁苦。一旦得以还家，其心上之欢愉，生生而无已，自必升居优势而压倒平常之愁苦。更何况此行途中，时近除夕，地近其家，由平常之愁苦转为还家之欢愉，此时此际，最为典型。此种变化微妙之心态，既经词人锐敏善感之表现，遂成为此词独具一格之意境。

此词写还家过年之情。过年，乃中国家庭天伦之乐之一高潮。家之意念，隐然而为此词词情之本体。在中国文化传统中，家，实为中国人心理之一本位观念。家，是中国人人生理想之一出发点。有家之一观念，推扩开去，乃有天下一家、四海之内皆兄弟之理想。家，又往往是中国人人生中之一小小桃花源。人生在外，多艰难不易，回到家里，心灵便可获致安顿、温存、慰藉、鼓舞。故在中国文学作品之中，描写此种感受之俊章佳作，纷如璎珞，何可胜数。其冠冕，《诗经》之《东山》，杜甫之《羌村》也。白石此首《浣溪沙》词，亦可谓其中虽小却好之一佳作。

（邓小军）

霓裳中序第一

丙午岁，留长沙，登祝融，因得其祠神之曲，曰《黄帝盐》、《苏合香》①。又于乐工故书中得商调《霓裳曲》十八阕②，皆虚谱无辞。按沈氏《乐律》：《霓裳》道调③。此乃商调④。乐天诗云："散序六阕。"此特二阕⑤。未知孰是。然音节闲雅，不类今曲。予不暇尽作，作中序一阕传于世⑥。予方羁游，感此古音，不自知其辞之怨抑也。

亭皋正望极。乱落江莲归未得。多病却无气力。况纨扇渐疏，罗衣初索。流光过隙。叹杏梁、双燕如客。人何在，一帘淡月，仿佛照颜色。　　幽寂。乱蛩吟壁。动庾信、清愁似织。沉思年少浪迹。笛里关山，柳下坊陌。坠红无信息。漫暗水、涓涓溜碧。飘零久，而今何意，醉卧酒垆侧。

〔注〕 ①《黄帝盐》《苏合香》：南宋时献神乐曲。前者原为唐代杖鼓曲，后者原为唐代软舞曲。 ② 商调：夷则商俗名商调，商七调之一。白石本词工尺谱亦为夷则商。《霓裳曲》：即《霓裳羽衣曲》。原为盛唐宫廷乐曲。全曲分散序、中序、曲破三部分。其乐、舞、服饰皆着力描绘仙境与仙女形象。十八阕：白居易《霓裳羽衣歌》自注："散序六遍。""破凡十二遍。"盖一阕为二遍，散序六遍合三阕，破十二遍合六阕，则中序当为十八遍合九阕，全曲共三十六遍合十八阕。遍者，片也，段也。姜夔本词系取《霓裳羽衣曲》中序之一阕填写，正是二遍。此是本证。姜夔所说之阕，实不同于白居易所说之遍。 ③ 沈括《梦溪笔谈》卷五《乐律》，谓《霓裳羽衣曲》为道调，误。道调又名林钟宫，俗名南吕宫，宫七调之一。唐代《霓裳羽衣曲》属黄钟商，商七调之一。 ④ 商调即夷则商，本词工尺谱正是夷则商。可见南宋所存之《霓裳羽衣曲》，与唐代原曲之乐调已有所不同。 ⑤ 白居易《霓裳羽衣歌》原注："散序六遍。"当合三阕。姜夔云"此特二阕"，又可见此曲之各部组成，唐宋有所不同。但总体构成则当同为十八阕三十六遍。（周密《齐东野语》卷十谓：修内司所刊《混成集》，载《霓裳》一曲，凡三十六段。） ⑥ 本词调名《霓裳中序第一》，可知是取此曲中序之第一阕曲子填词。

宋孝宗淳熙十三年丙午（1186），姜白石客游于湖南长沙，登南岳衡山七十二峰之最高峰祝融峰，发现了献神曲《黄帝盐》、《苏合香》乐谱。两曲原来都是唐代乐曲。继而又从乐师旧书之中，发现了商调《霓裳羽衣曲》乐谱。《霓裳羽衣曲》，原为盛唐著名宫廷音乐，描绘仙境与仙女，调属黄钟商，乃唐乐之代表作。姜白石所发现之谱，调属夷则商(俗名商调)，虽与唐乐原貌不尽相同，但毕竟是煌煌唐乐之遗响。白石，南宋之大音乐家也。一年之中而两度发现稀世乐谱，岂非货遇识家！白石，南宋之大词人也。人文须通古今之变，白石心知其意。于是，他采用了《霓裳羽衣曲》中序部分之第一阕乐曲，填入此词。本词之主题，是怀念合肥情侣。序中先言发现献神乐谱，继而用此描绘仙女之《霓裳羽衣曲》填词，然则姜白石此词之意蕴，实为其心灵之中所奉献出对爱情对合肥女子之一片馨香祷祝之至诚也。

“亭皋正望极。”起笔便展开一高远之境界。亭，平也。皋，水边地也。亭皋指水边平地。正望极，极写望尽天涯。其情之深，意之切，其所怀之遥，尽收入极之一字。印合序言“登祝融”，则词人独立南岳最高峰，望断天涯之情境，亦可以想见。望极何所见，何所思？“乱落江莲归未得。”江莲指水乡之红莲，下片所写“坠红”即此。词人所望杳不可见，但见得满目红莲，一片凋零。此暗喻所怀之人，韶光憔悴，美人迟暮矣。而自己却当归不得归。难以言喻之隐痛，惨怛凄恻之情感，全融于归未得三字。上四字景，下三字情，情景交炼，浑然一体。“多病却无气力。”此句一笔双关。既是暗示无力归去，亦是实写忧思成疾。“况纨扇渐疏，罗衣初索。”纨扇是细绢制成之团扇。前人习用夏去秋来纨扇收藏，喻说恩爱断绝。相传汉成帝时，班婕妤失宠，作《怨歌行》：“新裂齐纨素，皎洁如霜雪。裁为合欢扇，团团似明月。”“常恐秋节至，凉风夺炎热。弃捐箧笥中，恩情中道绝。”(《文选》卷二七)罗衣指细绢缝制之夏衣。索与疏互文见义，亦疏远义。词人在此只以纨扇罗衣之疏远，取譬于眼前夏去秋来，词境则暗转为室内矣。“流光过隙。”四字一韵，响如鼓点。点光阴飞逝，离别苦久。此句语出《庄子·知北游》：“人生天地之间，若白驹之过隙，忽然而已。”白驹，骏马也，喻指日光。隙，孔也。流光过隙，一瞬而已。“叹杏梁、双燕如客。”杏梁，屋梁之美称。语出司马相如《长门赋》：“刻木兰以为榱兮，饰文杏以为梁。”清秋燕子又将南飞，杏梁双燕正如客子，何能久栖。不言客如双燕，反言双燕如客，语极新奇，更见出词人心灵之富于同情及敏锐善感。清真《满庭芳》“年年。如社燕，漂流瀚海，来寄修椽”，是正言之，白石则反言之。再比较陶渊明《读〈山海经〉》“众鸟欣有托，吾亦爱吾庐”，是写人与鸟各得其所之乐，白石则写出人与燕同悲飘零如寄。并且双燕反衬自己孤独，由此直逼出歇拍。“人何在，一帘淡月，仿佛照颜色。”上文欲吐还咽，层层蓄势，至此终于明明白白倾诉出怀人之主意，词情涌起高潮。伊人何在？梦寐中，一窗淡月，仿佛照见了她的容颜。此是上片之眼，神光聚照之笔。词句从杜甫《梦李白》“落月满屋梁，犹疑照颜色”化出。杜诗姜词，皆一片精诚凝聚。此三句，不但写出寤寐求之，求之不得，神思恍惚之幻境，境界逼真而惨淡，而且启示着所怀之人，乃是人生之知音，深情中有高致矣。此是用杜甫梦李白故实之深蕴也。

幻境恍惚，一霎而已。换头跌回真实现境。“幽寂”二字挽尽离散孤独羁旅漂流之悲感。“乱蛩吟壁。动庾信、清愁似织。”蛩即蟋蟀。庾信曾作《愁赋》，有“谁知一寸心，乃有万斛愁”之句。（见《海录碎事》卷九。今本庾集不载。）白石《齐天乐》咏蟋蟀云：“庾郎先自吟愁赋，凄凄更闻私语。”可参读。信由梁朝出使西魏，流寓而不得归，又曾作《哀江南赋》，抒发故国之思。此言壁下蟋蟀乱吟，使我愁绪如织。“沉思年少浪迹。笛里关山，柳下坊陌。”此三句直写出当年爱情本事，乃反为“人何在”一节张本。白石本年三十二岁，年少浪迹正指二三十岁时漫游江淮一带。笛里关山，语出杜甫《洗兵马》：“三年笛里关山月。”古横吹曲有《关山月》，关山一语双关，既指

【鉴赏】

笛声、音乐，又指跋涉关山。柳下坊陌暗指合肥情遇。白石《凄凉犯》序云“合肥巷陌皆种柳”，可以印证。杜诗原是写战乱流浪，此则以柳下坊陌对笛里关山，极为刺目。也许，白石合肥情遇本来就与那一乱离时代有关系。应知合肥当时乃是边城，正当淮河前线也。“坠红无信息。漫暗水、涓涓溜碧。”此三句与“乱落江莲”前后映发。上句从杜甫《秋兴》“露冷莲房坠粉红”化出。漫，空也。暗水，语出杜甫《夜宴左氏庄》“暗水流花径”。涓涓，水缓缓流动貌。红莲坠落无声无息，空见得一片碧水暗暗流淌而去。此喻说年光流逝，不知伊人而今着落如何，但料想人已憔悴，仍无依无着。离散茫茫两不知，惨怛凄恻，此至于极。由此遂直推出结笔：“漂零久，而今何意，醉卧酒垆侧。”酒垆是安置酒瓮之土台子。结笔用典，寄意遥深。《世说新语・任诞》：“阮公(籍)邻家妇有美色，当垆沽酒。阮……常从妇饮酒，阮醉，便眠卧其妇侧。夫始殊疑之，伺察，终无他意。”词人实融摄此故事之精髓以托出自己之情意。语意是：飘零离散久矣，当年醉卧酒垆侧之豪情逸兴，而今已无。喻说少年情遇之纯洁美好，亦表明今后更绝无他念矣。全幅词情至此掀起最高潮，爱情境界亦提升至超越世俗之圣境。深情高致，一结余韵无穷。

王国维《人间词话》尝极强调“词人之忠实”。白石一生爱情之悲剧性，正在于其爱情之始终无法如愿以偿与词人对爱情之始终忠实不渝之冲突。此是词人平生之一高峰式情感经验，即对个人生活及艺术创造有重大影响之情感经验。采用最名贵之传世唐乐谱写其高峰式情感经验，采用描绘仙女仙境之《霓裳羽衣曲》，谱写对爱人爱情馨香祷祝之诚，是本词特色之一。词分两片，两度情感高潮，一是上片歇拍，二在下片结句，第一高潮用杜甫《梦李白》诗歌之境界加以表现，第二高潮用《世说新语》故事之精髓加以表现，取法乎上矣。文学境界高度配合情感高潮，是本词又一特色。两处高潮，声情亦最吃紧。“一帘淡月，仿佛照颜色”，九字连下七仄(除帘、颜二字）。“而今何意，醉卧酒垆侧。”九字连下五仄（除前三字及垆字）。尤其两结下句皆五字四仄声间一平声，声情极其拗峭。字声声情高度配合词情高潮，是本词再一特色。总览全幅词体，则词韵用激越凄楚之入声字，乐调属“凄怆怨慕”之商调（《中原音韵》），对于词情亦无不高度配合。姜白石词多兼具情感、文采、声情、音乐全幅之美，本词是一典范。

（邓小军）

庆宫春

绍熙辛亥除夕，予别石湖归吴兴，雪后夜过垂虹，尝赋诗云：“笠泽茫茫雁影微，玉峰重叠护云衣。长桥寂寞春寒夜，只有诗人一舸归。”后五年冬，复与俞商卿、张平甫、铦朴翁自封禺同载诣梁溪，道经吴松。山寒天迥，云浪四合。中夕相呼步垂虹，星斗下垂，错杂渔火，朔吹凛凛，卮酒不能支。朴翁以衾自缠，犹相与行吟。因赋此阕，盖过旬涂稿乃定。朴翁咎余无益，然意所耽，不能自已也。平甫、商卿、朴翁皆工于诗，所出奇诡，予亦强追逐之。此行既归，各得五十余解。

双桨莼波，一蓑松雨，暮愁渐满空阔。呼我盟鸥，翩翩欲下，背人还过木末。那回归去，荡云雪，孤舟夜发。伤心重见，依约眉山，黛痕低压。　　采香径里春寒，老子婆娑，自歌谁答。垂虹西望，飘然引去，此兴平生难遏。酒醒波远，政凝想、明珰素袜。如今安在，唯有阑干，伴人一霎。

词有小序述写作缘起。它追叙了绍熙二年辛亥（1191）除夕，作者从

【鉴赏】

范成大苏州石湖别墅乘船回湖州家中，雪夜过垂虹桥即兴赋诗的情景。诗即《除夜自石湖归苕溪》十绝句，“笠泽茫茫雁影微”是其中的一首。当时伴随诗人的还有范成大所赠侍女小红，故又有《过垂虹》一首云：“自作新词韵最娇，小红低唱我吹箫。曲终过尽松陵路，回首烟波十四桥。”五年过去，庆元二年(1196)冬，作者自封禺(二山名，在今浙江德清县西南)东诣梁溪(今无锡)张鉴别墅，行程是由苕溪入太湖经吴松江，循运河至无锡，方向正与前次相反，同往者有张鉴(平甫)、俞灏(商卿)、葛天民(朴翁，为僧名义铦)，这次又是夜过吴松江，到垂虹桥，且顶风漫步桥上，因赋此词，后经十多天反复修改定稿。这次再游垂虹，小红未同行，范成大作古已三载，作者追怀昔游，感慨无端，这种心情都反映在这首写景纪游的词中。

上片从环境描绘起：日暮天寒，一叶孤舟，荡漾在水天空阔之处。漂浮着莼菜的水面，浪头不大；松风时送雨点，疏而有声；暮霭渐渐笼罩湖上，令人生愁。起三句“莼波”、“松雨”、“暮愁”，或语新意工，或情景交融，“渐”字写出时间的推移，“空阔”则展示出景的深广，为全词定下了一个清旷高远的基调。以下三句继写湖面景象：沙鸥在盘旋飞翔，仿佛要为“我”落下，却又背人转向，远远掠过树梢。这里，作者不仅饶有情致地写出鸥飞的特点，而且融进了自己特定的感受。因为故地重游，所以称这些水鸟为“盟鸥”(和“我”有旧交的鸥鸟)。“我”殷勤地呼唤它们，然而它们却终于疏远“我”，“背人还过木末”。一种今昔之慨见于言外。这就自然而然回想到“那回归去，荡云雪、孤舟夜发”的情景，正是：“笠泽茫茫雁影微，玉峰重叠护云衣……”眼前出现的不又是那重叠蜿蜒的远山？这是旧梦重温么？然而当年的人又到何处去了？结句“伤心重见”三句，挽合昔今，感慨深沉。“依约眉山，黛痕低压”，将太湖远处的青山，比作女子的黛眉，不是无缘无故作形似之语，而显然有伤逝怀人的情绪。

【鉴赏】

下片过拍写船过采香径。这是香山旁的小溪，据《吴郡志》："吴王种香于香山，使美人泛舟于溪以采香。今自灵岩望之，一水直如矢，故俗又称箭径。"面对这历史陈迹，最易引起怀古的幽情，"嗟叹之不足，故永歌之"。"老子婆娑（犹徘徊），自歌谁答。"既写出作者乘兴放歌的情态，又暗自对照"那回归去"的情景——"自作新词韵最娇，小红低唱我吹箫"，仍与上片结句伤逝情绪一脉潜通。西望是垂虹桥，它建于北宋庆历年间，东西长千余尺，前临太湖，横截吴江，河光海气，荡漾一色，称三吴绝景，以其上有垂虹亭，故名。船过垂虹，也就成为这一路兴致的高潮所在。从"此兴平生难遏"一句看，这里的"飘然引去"之乐，实兼今昔言之。这一夜船抵垂虹时，作者曾以"卮酒"祛寒助兴，在他"飘然引去"时，未尝不回想那回"曲终过尽松陵路，回首烟波十四桥"的难以忘怀的情景。从而，当其"酒醒波远"后，不免黯然神伤。"政（正）凝想、明珰（耳坠）素袜。"这里"明珰素袜"所代的美人，联系"采香径里春寒"句，似指吴宫西子，而联系"那回归去"，又似指小红。其妙正在于怀古与思今之情合一，不说明，反令人神远。末三句即以"如今安在"四字提唱，"唯有阑干，伴人一霎"一叹作答，指出千古兴衰、今昔哀乐，犹如一梦，只余空濛云水，令人长叹。由怀想跌到眼前，收束有力。

此词虽然有浓厚的伤逝怀昔之情和具体的人事背景，但作者一概不直抒，不明说，只于一路景物描写之中自然带出，并将它与怀古之情合并写来，既觉空灵蕴藉，又觉深厚隽永。张炎《词源》所谓"野云孤飞，去留无迹"的评语，于此词最为切合。从小序看，这一夜同游共四人，且相呼步于垂虹桥，观看星斗渔火，而词中却绝少征实描写。惟致力刻画在这云压青山、暮愁渐满的太湖之上、垂虹亭畔，飘然不群、放歌抒怀的词人自我形象，颇有遗世独立之感。

（周啸天）

【原文】

齐天乐

丙辰岁与张功父会饮张达可之堂，闻屋壁间蟋蟀有声，功父约予同赋，以授歌者。功父先成，辞甚美。予裴回茉莉花间，仰见秋月，顿起幽思，寻亦得此。蟋蟀，中都呼为促织，善斗。好事者或以三二十万钱致一枚，镂象齿为楼观以贮之。

庾郎先自吟愁赋，凄凄更闻私语。露湿铜铺，苔侵石井，都是曾听伊处。哀音似诉。正思妇无眠，起寻机杼。曲曲屏山，夜凉独自甚情绪？　西窗又吹暗雨。为谁频断续，相和砧杵？候馆迎秋，离宫吊月，别有伤心无数。豳诗[①]漫与。笑篱落呼灯，世间儿女。写入琴丝，一声声更苦。

〔注〕 ① 豳诗：《诗经·豳风·七月》："七月在野，八月在宇，九月在户，十月蟋蟀入我床下。"

丙辰是宋宁宗庆元二年(1196)，张功父即张镃。他先赋《满庭芳·促织儿》，写景状物"心细如丝发"，曲尽形容之妙。姜夔则另辟蹊径，别创新意，不赋蟋蟀之形，却咏蟋蟀之声；而且用空间的不断转移和人事的广泛触发，层层夹写，步步烘托，写出一种哀怨凄凉的艺术境界。

词先从听蟋蟀者写入。"庾郎先自吟愁赋。"庾郎，即庾信，曾作《愁赋》。杜甫诗云："庾信生平最萧瑟，暮年诗赋动江关。"此处以他为不得志的骚人代表，并无作者自况之意。次句写蟋蟀声，凄切细碎而以"私语"比拟，生动贴切，并带有感情色彩，因而和上句的吟赋声自然融合。“更闻”与“先自”相呼应，将词意推进一层。骚人夜吟，已自不堪其愁，更哪堪又听到如窃窃“私语”的蟋蟀悲吟呢！

这蟋蟀声不仅发自书窗下，而且在大门外、井栏边都可以听到。“露湿”三句是空间的展开，目的是藉以触发更广泛的人事。“哀音似诉”，承上“私语”而来，这如泣似诉的声声哀鸣，使一位本来就无眠的思妇更加无法入梦了，只有起床以织布来遣愁（蟋蟀一名促织，正与词意符合）。于是蟋蟀声又和机杼声融成一片。“曲曲屏山，夜凉独自甚情绪？”写思妇念远的心情。面对屏风上的远水遥山，不由神驰万里。秋色已深，什么时候才能将亲手织就的冬衣送到远方征人的手中？秋夜露寒，什么时候征人才能回到自己的身边？上句思绪从屏山引出，下句抒情以问叹语出之，两句文笔疏俊，含蓄蕴藉，委婉尽情。

下片首句岭断云连，最得换头妙谛，被后人奉为楷模。岭断，言其空间和人事的更换——由室内而窗外，由织妇而捣衣女。云连，指其着一“又”字承上而做到曲意不断，潜脉暗通。寒夜孤灯，秋风吹雨，那蟋蟀究竟为谁时断时续地凄凄悲吟呢？伴随着它的是远处时隐时显的阵阵捣衣声。

以下“候馆”三句，继续写蟋蟀鸣声的转移，将空间和人事推得更远更广。客馆，可以包举谪臣迁客、士人游子各色人等；离宫，可以涵括不幸的帝王后妃、宫娥彩女。这些不同类型的漂泊者、失意者，每当悲秋对月，听到蟋蟀之声，思前想后，能不“别有伤心”无限吗？

以上极写蟋蟀的声音处处可闻，使人有欲避不能之感。它那凄恻之声像一缕剪不断的愁绪，牵动着无数愁人的心。它似私语，似悲诉，频频断续；它与孤吟声、机杼声、砧杵声交织成一片。仿佛让人听到一组交响乐的鸣奏声。在这样的秋夜里，在作者心中，这就是当时中国大地上最悲凉的音乐啊！“豳诗漫与”，词人说自己受到蟋蟀声的感染而率意为诗了。可是，下面陡接"笑篱落呼灯,世间儿女"两句,写小儿女呼灯捕捉蟋蟀的乐趣,声情骤变,似与整首乐章的主旋律不相协调。然细加品味,正如陈廷焯所说:"以无知儿女之乐,反衬出有心人之苦,最为入妙。"(《白雨斋词话》)的确,这是这阕大型交响乐中的一支小小插曲,写得十分简洁,而自有其妙用。作者的艺术匠心在于以乐写苦,所以当这种天真儿女所特具的乐趣被谱入乐章之后,并不与主旋律相悖逆,反倒使原本就无限幽怨凄楚的琴音,变得"一声声更苦"了。

一般咏物词都是对所咏对象模形绘神,而姜夔别开生面,从蟋蟀的哀鸣声中获得灵感,并且从音响和音乐这一角度进行艺术构思,因此,获得了艺术上极大的成功。

(朱德才)

满江红

《满江红》旧调用仄韵,多不协律。如末句云"无心扑"三字,歌者将"心"字融入去声,方谐音律。予欲以平韵为之,久不能成。因泛巢湖,闻远岸箫鼓声,问之舟师,云:"居人为此湖神姥寿也。"予因祝曰:"得一席风径至居巢,当以平韵《满江红》为迎送神曲。"言讫,风与笔俱驶,顷刻而成。末句云"闻佩环",则协律矣。书以绿笺,沉于白浪。辛亥正月晦也。是岁六月,复过祠下,因刻之柱间。有客来自居巢云:"土人祠姥,辄能歌此词。"按曹操至濡须口,孙权遗操书曰:"春水方生,公宜速去。"操曰"孙权不欺孤",乃彻军还。濡须口与东关相近,江湖水之所出入。予意春水方生,必有司之者,故归其功于姥云。

仙姥来时,正一望、千顷翠澜。旌旗共、乱云俱下,依约前山。

命驾群龙金作轭，相从诸娣玉为冠。向夜深、风定悄无人，闻佩环。　　神奇处，君试看。奠淮右，阻江南。遣六丁雷电，别守东关。却笑英雄无好手，一篙春水走曹瞒。又怎知、人在小红楼，帘影间。

《满江红》，宋以来作者多以柳永格为准，大都用仄韵。像岳飞"怒发冲冠"一阕，更是脍炙人口的名篇。可是这首《满江红》却改作平韵，声情遂发生较大的变化。词乃作于宋光宗绍熙二年（1191）春初，前面的小序，详细地叙述了改作的原委。小序中所举"无心扑"一例，见于周邦彦《满江红》"昼日移阴"一阕，原作"最苦是蝴蝶满园飞，无心扑"。歌者将"心"字融入去声，用的是"融字法"，即如沈括《梦溪笔谈》卷五所云："古之善歌者有语，谓当使'声中无字，字中有声'。……如宫声字而曲合用商声，则能转宫为商歌之。此'字中有声'也。"夏承焘以为"宋词'融字'，正谓此耳"（见《姜白石词编年笺校》卷三）。为了免去融字的麻烦，以求协律，所以词人改仄为平。其实改仄为平，非仅白石一例。贺铸曾改《忆秦娥》为平韵，叶梦得、张元幹、陈允平亦改《念奴娇》为平韵。……可见这是宋词中重要一格。仄韵《满江红》多押入声字，即使音谱失传，至今读起来犹觉声情激越豪壮；然而此词改为平韵，顿感从容和缓，婉约清疏，宜其被巢湖一带的善男信女用作迎送神曲而刻之楹柱了。

词中塑造了一位巢湖仙姥的形象，使人感到可敬可亲。她没有男性神仙常有的那种凛凛威严，而是带有雍容华贵的姿态，潇洒出尘的风范。她也没有一般神仙那样具有呼风唤雨的本领，却能镇守一方，保境安民。这是词人理想中的英雄人物，但也遵守了中国的神话传统。因为在传统神话中常常记载着我国的名山大川由女神来主宰。从昆仑山的西王母到巫山

【鉴赏】

瑶姬，从江妃到洛神，这些形形色色的山川女神，大抵是母系社会的遗留。巢湖仙姥当是山川女神群像中的一位。

词的上片是词人从巢湖上的自然风光幻想出仙姥来时的神奇境界。它分三层写：先是湖面风来，绿波千顷，前山乱云滚滚，从云中似乎隐约出现无数旌旗，这就把仙姥出行的气势作了尽情的渲染。特别是"旌旗共、乱云俱下"一句更为精彩：一面是乱云翻滚，一面是旌旗乱舞，景象何其壮丽！从句法来讲，颇似王勃《滕王阁赋》中的"落霞与孤鹜齐飞"而各极其妙。这是一层。接着写仙姥前有群龙驾车，后有诸娣簇拥，甚至连群龙的金轭、诸娣的玉冠也发出熠熠的光彩。至于仙姥本身的形象，词人虽未着一字，然而从华贵的侍御的烘托中，已令人想见她的仪态和风范。这些当然是出于词人的想象，但也有一定的现实根据。原词在"相从诸娣玉为冠"句下有自注云："庙中列坐如夫人者十三人。"这十三位仙姥庙中的塑像，便是词人据以创作的素材。此为第二层。最后是写夜深风定，湖面波平如镜，偶尔画外传来清脆的丁当声，仿佛是仙姥乘风归去时的环珮余音。在《疏影》一词中，词人曾写王昭君云："想珮环、月夜归来……"把读者带入悠远的意境。此云湖上悄然无人，惟闻珮环，境亦杳渺，启人遐想。此为第三层。通过这三层描写，巢湖仙姥的形象几乎呼之欲出了。

下片进一步从威力与功勋方面描写仙姥的神奇。过片处先以两个短语提挈，引起读者的充分注意。然后以实笔叙写仙姥指挥若定的事迹：她不仅奠定了淮右，保障了江南，还派遣雷公、电母、六丁玉女（案《云笈七籤》云："六丁者，谓阴神玉女也。"），去镇守濡须口及其附近的东关。这就把仙姥的神奇夸张到极度，俨然就是一位坐镇边关的统帅。紧接着词人又联想起历史上曹操与孙权在濡须口对垒的故事，发出了深沉的感慨："却笑英雄无好手，一篙春水走曹瞒。"为什么现实中的英雄人物竟没有一个好手，结果却只能凭仗一篙春水把北来的曹瞒逼走？这曹瞒当然不是历史上的曹操，英雄好手也不会是指历史上的孙权。词人一方面是出于想象,把历史故事牵合到仙姥的身上,以歌颂其神奇,如同小序结尾所云:“予意春水方生,必有司之者,故归其功于姥云。”另一方面也是借历史人物表现他对现实的愤慨,因为当时距宋金的隆兴和议将近三十年,偏安江左的南宋王朝也正是依靠江淮的水域来阻止金兵南下的。历史掺和着现实,便使全词呈现出浪漫主义的色彩。

结句最为耐人吟味。生活中的英雄人物没有一个顶用的,真正能够以“一篙春水”迫使敌人不敢南犯的却是“小红楼、帘影间”的仙姥。封建社会的卫道士总是把妇女看得一钱不值,甚至提出“女子无才便是德”的荒谬口号。而具有民主思想的诗人则往往能肯定妇女的才能,以提高妇女的地位,借以贬低那些峨冠博带、戎衣长剑、实际是酒囊饭袋的男人。姜夔此词之所以被之管弦,刻之庙柱,说明他的思想倾向是符合当时人民愿望的。

“小红楼、帘影间”的幽静气氛,跟上片“旌旗共、乱云俱下”的壮阔场景,以及下片的“奠淮右,阻江南”的雄奇气象,构成了不同境界。然正因为一个“小红楼、帘影间”的人物,却能指挥若定,驱走强敌,这就更显出她的神奇。这种突然变换笔调的方法,特别能够加深读者的印象,强化作品的主题。姜夔曾在《诗说》中总结自己的创作经验说:“篇终出人意表,或反终篇之意,皆妙。”此词结句,正是反终篇之意而又能出人意表的一个显例,因此能给人以无穷的回味。

(王季思)

一萼红

丙午人日,予客长沙别驾之观政堂。堂下曲沼,沼西负古垣,有卢橘① 幽篁,一径深曲。穿径而南,官梅数十株,如椒、如菽,或红破白露,枝

【原文】

影扶疏。著屐苍苔细石间，野兴横生，亟命驾②登定王台，乱③湘流、入麓山。湘云低昂，湘波容与④。兴尽悲来，醉吟成调。

古城阴。有官梅几许，红萼未宜簪。池面冰胶，墙阴雪老，云意还又沉沉。翠藤共、闲穿径竹，渐笑语、惊起卧沙禽。野老林泉，故王台榭，呼唤登临。　　南去北来何事，荡湘云楚水，目极伤心。朱户粘鸡，金盘簇燕，空叹时序侵寻。记曾共、西楼雅集，想垂柳、还袅万丝金。待得归鞍到时，只怕春深。

〔注〕 ① 卢橘：即枇杷。详《全芳备祖》后集卷六果部枇杷条。 ② 命驾：本义为命人驾车，后用为动身前往之意。 ③ 乱：横渡。《诗经·大雅·公刘》："涉渭为乱。"孔颖达《正义》："水以流为顺，横渡为乱。" ④ 容与：迟缓不前貌。《楚辞·九章·涉江》："船容与而不进兮，淹回水而凝滞。"这里是形容登高所见湘水缓缓流动的样子。

白石此词作于三十二岁，时客居长沙。词中抒写怀人之思及漂泊之苦。据夏承焘《姜白石系年》，这是白石词中最早的怀念合肥女子之作。

小序记作词缘起，笔致幽美馨逸。丙午即宋孝宗淳熙十三年（1186），人日是正月初七。长沙别驾指湖南潭州通判萧德藻，时白石客居其观政堂。堂下有曲池，池西背靠古城墙，池畔植有枇杷竹林，曲径通幽。穿径南行，忽见梅花成林，满枝花蕾，小的如花椒，大的如豆子，少许花蕾初绽，有红梅，也有白梅。头上枝影扶疏，脚下苍苔细石，词人与朋友们漫步其间，不觉动了游兴，于是立即动身，出游城东的定王台，又渡过城西的湘江，登上岳麓山。俯瞰湘云起伏，湘水粼粼，终于游兴已尽，悲从中来，遂醉吟成词。

上片与词序相表里，主写游赏心情。"古城阴。有官梅几许，红萼未宜簪。”古城墙下，一片官梅，红萼尚小，还不到摘之以插鬓的时候呢。官梅即官府种的梅花，杜甫《和裴迪登蜀州东亭》诗，有“东阁官梅动诗兴”之句，何况梅花与柳树一样，最能勾起白石的心事呢。（白石怀人词，多咏及柳、梅。）句中几许、未宜簪等语，唱叹有致，流露出一片爱怜护惜之情。序中既描写出梅萼如椒、如豆之姿，故词中便着意于抒写情意，词较序翻进一层。“池面冰胶，墙阴雪老”，二句对仗极工。以胶状冰，以老状雪，写出凝冰难化、积雪不融，字面生新斗硬，的是白石词笔。陆辅之《词旨》曾举出此联为属对之工者。寒意犹深，解冻何时。“云意还又沉沉。”彤云沉沉，欲雪天时，加倍写出寒意。词境之幽沉，正暗示着词人心境之沉郁。词人有意无意，也想散散心呵。“翠藤共、闲穿径竹，渐笑语、惊起卧沙禽。”于是偕了友人，漫步穿过翠藤、竹径，来到林园深处。一路行来，兴致渐高，不觉谈笑风生，惊起水边栖鸟。这两句很好地表达了此时词人活泼的心情。下一渐字，尤能传出心境之由郁闷而趋开朗。此大自然于人心之功也。于是乘兴出游。“野老林泉，故王台榭，呼唤登临。”歇拍以简练生动之笔，写出偕友登定王台、渡湘江、登岳麓之一段游赏。上二句对偶甚工。故王台榭，指汉长沙定王刘发所筑之台。野老林泉，虽然泛指，但或者也不无怀昔感今之意。在昔先贤流寓长沙者不少，如唐末韩偓便曾避地于此，其《小隐》诗云：“借得茅斋岳麓西，拟将身世老锄犁。”投入大自然怀抱，兴林泉之逸趣，发思古之幽情，词人一时乐以忘忧。呼唤登临四字，写出一片欢闹，试比较“云意还又沉沉”，前后心情迥然不同矣。

下片从序言兴尽悲来四字翻出，写出深深之悲怀。“南去北来何事，荡湘云楚水，目极伤心。”岳麓山上，词人极目天际，看湘云起伏，湘水粼粼，顿时伤心，自己年年南去北来，漂泊江湖，竟为何事？白石《玲珑四犯》云：“文章信美知何用，漫赢得、天涯羁旅。”可作此词换头之诠解。陈锐《袌碧斋词话》云：“换头处六字句有挺接者，如‘南去北来何事’。”所言甚是。上片以呼唤登临之乐歇拍，换头挺接南去北来之悲，突兀劲峭，最能突出悲怀之沉深积久。荡湘云楚水一句亦妙，写尽词人平生浪迹江湖之感，笔下如有灵气。“朱户粘鸡，金盘簇燕，空叹时序侵寻。”朱门贴上画鸡，写人日风俗。《荆楚岁时记》云：“人日贴画鸡于户，悬苇索其上，插符于旁，百鬼畏之。”金盘即春盘，金盘所盛之燕，乃生菜所制，此写立春风俗。《武林旧事》云：“春前一日，后苑办造春盘，翠缕红丝，金鸡玉燕，备极工巧。”此三句，慨叹客中转眼又是新年，时光徒然流逝。空叹二字，呼应换头何事二字，流露出光阴虚掷而又无可奈何的愁苦。然而，这还不是词人心灵中最深层的恨事。“记曾共、西楼雅集，想垂柳、还袅万丝金。”全词主意，至此才转折出来。忘不了，曾与伊人在西楼的美好集会，窗外，万缕嫩黄的柳丝，在骀荡春风中袅袅起舞。又当早春，想垂柳依然，人事已非矣。想垂柳还袅万丝金，堪称佳句。析而言之，用一想字、一还字，便将回忆中昔日之景与想象中今日之景粘连叠合，灵思妙笔，浑融无迹。赏其意味，便觉金之一字，岂止是状出其心目中对柳色的感觉而已，实亦写出其心灵中对往事的美好感受。词人把金色赋予那一段美好而宝贵的往事，这真是凝摄心魂写下的一笔。美好的回忆不过一霎而已。“待得归鞍到时，只怕春深。”等到回到旧地，只怕已是春暮。结笔语极含婉，而情极悲伤。从字面上看，是应合此时红萼未宜簪的早春时节而言，而其意蕴实为无计可归，归时人事已非的隐痛。白石怀念合肥女子诸词，如《淡黄柳》“恐梨花落尽成秋色”，《点绛唇》“淮南好。甚时重到。陌上青青草”，《鬲溪梅令》“又恐春风归去绿成阴。玉钿何处寻”，与此词结笔同一语意。其心伤悲，无可奈何之情，可以体会于言外。

此词与序是一整体。序主写景物、游赏，上片与之相映照。但序以写景为主，词上片则融情入景，如“云意又还沉沉”。下片摆脱序文蹊径，托出伤心怀抱，另辟一境。但亦融景入情，如“记曾共、西楼雅集，想垂柳、还袅万丝金”。下片既是核心层次，上片及序文所写景物、游赏，便成为下片所写悲怀难遣之反衬。此词结构安排可谓致密。词中意境，先由狭而广，即由城阴竹径而故王台榭，再由广而狭，而深，即由湘云楚水而写出种种悲怀。词境的迤逦展开，也反映出词人心灵由郁闷而冀求解脱但终归于悲沉的一段变化历程。此词营造意境亦可谓精心。白石长调，多苦心孤诣之作，此词正是其中之一。

（邓小军）

念奴娇

余客武陵，湖北宪治在焉。古城野水，乔木参天。余与二三友日荡舟其间，薄荷花而饮，意象幽闲，不类人境。秋水且涸，荷叶出地寻丈，因列坐其下，上不见日，清风徐来，绿云自动。间于疏处窥见游人画船，亦一乐也。朅来吴兴，数得相羊[1]荷花中。又夜泛西湖，光景奇绝。故以此句写之。

闹红一舸，记来时尝与鸳鸯为侣。三十六陂人未到，水佩风裳无数。翠叶吹凉，玉容销酒，更洒菰蒲雨。嫣然摇动，冷香飞上诗句。　　日暮青盖亭亭，情人不见，争忍凌波去。只恐舞衣寒易落，愁入西风南浦。高柳垂阴，老鱼吹浪，留我花间住。田田多少，几回沙际归路。

〔注〕 ① 相羊：亦作“相佯”。徘徊；盘桓。

江南荷塘景色是迷人的，它在人们心里留下了美好的记忆。宋代词人

【鉴赏】

周邦彦是钱塘人，当他羁留汴京、见荷花开时，引起故乡情思，写下“叶上初阳乾宿雨。水面清圆，一一风荷举”的名句。姜夔的这首咏荷词，也同样把读者带到一个光景奇绝的世界，那里有冰清玉洁的美人，有您寻找的清香幽韵的梦……从这首《念奴娇》词的小序知道，姜夔曾多次与友人徜徉于江南荷塘景色之中，因感其“意象幽闲，不类人境”，而有是作。其实，这是许多人都同有的感受，故而读来特别亲切。词一开头就把读者带向那美好的境界：正是荷花盛开的时候，船儿驶向陂塘深处，一路上一对对鸳鸯伴着船儿戏水。真是到了荷花世界了，这里人迹罕至，只见那望不见边的荷塘，水波荡漾，绿叶翻飞。从那碧绿的荷叶间，吹来阵阵凉爽的风，那鲜艳的荷花，好像美人玉脸带着酒意消退时的微红。一阵密雨从菰蒲丛中飘洒过来，荷花倩影轻摇，嫣然含笑，吐出清冷的幽香。于是诗人诗兴大发，写出了优美的诗句。

这美好的情景多么使人留恋，然而时间在悄悄过去，已是日暮时分，只见那车盖般的绿荷，亭亭玉立，就像那等候情人的凌波仙子，情人未见，欲去还留，徘徊犹豫，只怕西风起时，舞衣般的叶子经不住肃杀的秋寒而容易凋残，更为那无情的秋风将把南浦变成一片萧条而忧愁。还有那高高柳树垂下绿荫，肥大的老鱼吹起波浪，这一切，都要挽留我住在荷花中间呢。田田的荷叶呵，您多得难以计算，可曾记得我多少回在沙堤旁边的归路上依恋徘徊？

姜夔以俊丽清逸的词笔，把荷塘景色描绘得十分真切生动。画船野水，物态人情，充满诗情画意和浓郁的生活情趣。可是，这样的好词，王国维却看不中意，他在称赞周邦彦咏荷名句后，接着就批评姜夔咏荷词“犹有隔雾看花之恨”。其实，姜夔咏荷在“得荷之神理”方面，并不比周词逊色。周词主要是写客子思乡之情，咏荷就是“叶上初阳乾宿雨，水面清圆，一一风荷举”数句，它使人看到的还仅仅是荷叶上水珠晶莹和因风翻飞的物态，而姜夔咏荷，不仅具有荷花之物态，还使人同时隐隐看到一位荷花化身的美人，她“玉容销酒”，像荷花般的红晕，她“嫣然”微笑，像花朵盛开。荷花生长水中，她便似凌波仙子；荷香清幽，她又是“冷香”美人。花如美人，美人如花，摹形传神，使读者从荷花的外形到精神气质都有清晰而深刻的赏识，怎能说是“雾里看花”呢？

更可贵的是，姜夔这首词写出了赏爱荷花的最真切的感受，这是其他咏荷之作所不及的。姜夔一生啸傲湖山，襟怀清旷，诗词亦如其人。他写“意象幽闲，不类人境”的荷塘，实是要体现他所追求的一种理想境界，在这个高洁的境界中，有美人兮，在水一方。你看，“翠叶吹凉，玉容销酒，更洒菰蒲雨。嫣然摇动，冷香飞上诗句”，这不简直是一场富有诗意的人花之恋么？“日暮青盖亭亭，情人不见，争忍凌波去。”荷花对词人深情眷恋如此，词人对荷花呢，“只恐舞衣寒易落，愁入西风南浦”，也是无限依恋。因此不妨这样说，姜夔这首《念奴娇》实是一支荷花的恋歌。由于荷花在我国文学中是象征着“出淤泥而不染”的高洁品格，姜夔对荷花的爱恋不正寄托着他对自己的生活理想的追求吗？清代词学家况周颐说：“吾观风雨，吾览江山，常觉风雨江山之外，别有动吾心者在。”姜夔咏荷词之超绝凡品，也就在这里。正因为如此，姜夔写荷花，不是停留在实际描摹其形态，而是摄取其神理，将自己的感受融合进去，把自己的个性融合进去，写花实是写人也。姜夔这种空际传神的词笔，往往意在言外，充满美妙的想象，而富有启发性。这种写法与一般实际摹写景物者大异其趣。如“嫣然摇动，冷香飞上诗句”之类，读者须发挥想象才能理解，否则，便有如王国维所说“雾里看花”之感了。

（高　原）

【原文】

月下笛

与客携壶，梅花过了，夜来风雨。幽禽自语。啄香心，度墙去。春衣都是柔荑剪，尚沾惹、残茸半缕。怅玉钿似扫，朱门深闭，再见无路。　　凝竚，曾游处。但系马垂杨，认郎鹦鹉。扬州梦觉，彩云飞过何许？多情须倩梁间燕，问吟袖弓腰在否？怎知道、误了人，年少自恁虚度！

姜白石终生布衣作客，诗酒流连，“小红低唱”之类的事迹当是不少的。这首词，就是追怀昔日冶游，思念当时所遇到的一位青楼中人的作品。随着年光流逝，事情早已过去，正像词里所说的“夜来风雨”摧落梅花一样，但对那人的思念却仍是沾沾惹惹地割舍不断，故而不免怅惘忧伤，只好“与客携壶”，借酒浇愁。《月下笛》一词就是在这样的心情下写出来的。

姜白石作词，多从细处着笔，而且善于表现情景交融的特定境界，这首词就很能显示姜词的这种特点。“梅花过了”，已点出仲春的时令，接下来，描写“幽禽”。幽禽，当指黄莺，柳永《黄莺儿》词，有“幽谷暄和，黄鹂翩翩”之句，可证。称黄莺为幽禽，兼有表示作者心情的孤寂、幽独的意思。“幽禽自语。啄香心，度墙去”十个字，写黄莺的鸣叫、啄食、飞翔，都是从细微之处着笔的，而尤其值得注意的是，在精细的描写之中，似乎还包含着更深一层的含义。比如“啄香心”，就不止是以“香”代花，给字面增添一点气味，略作深究，可知这三个字同时也是比喻心情之似有被啄啮的痛苦。鉴赏者通过自己的体会和联想，是可以从表层到深层，比较透彻地了解词句的含义的。下面写到春衣，更可看出作者用笔之细。“春衣都是柔荑剪，尚沾惹、残茸半缕。”柔荑，用细白柔嫩的初生茅草比喻美女的手，语出《诗经·硕人》“手如柔荑”。茸，即绣茸，刺绣用的丝线。身上穿的春衣，是伊人亲手绣制，这与传为苏东坡作的《青玉案》词所写的“春衫犹是，小蛮针线”思路相同，但姜白石的笔触更为细腻，他也是睹物思人，却把情绪凝聚在春衣的细微局部上，凝聚在香泽犹存的一点点线茸儿上，而这“残茸半缕”恰恰成为感情的焦点，所以更见深度。接下来，用“玉钿”指代意中人，同时点明“朱门深闭，再见无路”的事实，而其用语则显然是从唐人崔郊《赠去婢》诗中那“侯门一入深似海，从此萧郎是路人”的名句化出的。过片用“凝竚”作引领，从凝神静思之中描写了回忆与追寻的心理活动。用“系马垂杨，认郎鹦鹉”八个字描写往日的冶游，写得既生动又巧妙。说它生动，是能把当日出入青楼的气派神情描摹得活灵活现，系马足见风采，认郎以示熟稔；说它巧妙，是在前面加上一个“但”字，就由过去写到了现在，如今只剩下垂杨和鹦鹉，从而把人去楼空、事过境迁的感慨传达了出来。再下几句，可以说是针对杜牧那“十年一觉扬州梦，赢得青楼薄幸名”的著名诗句所作的发挥。大梦既觉，知道“彩云”已经“飞过”——彩云，是用北宋词人晏幾道“当时明月在，曾照彩云归”句意，那就不必再痴痴地回忆了。可是，对能歌善舞的“吟袖弓腰”还是难以忘怀，只得让多情的“梁间燕子”去代为问讯——这是用李商隐“蓬莱此去无多路，青鸟殷勤为探看”句意。可是，问讯的结果却是仍然不知下落，故而只得以自伤昔日为多情所误，虚度少年时光结束全词。这“误了人”的自伤自叹，也许有着更为复杂的含义，那是可以由鉴赏者根据各自的体认去进行一番“再创造”的。

（王双启）

【原文】

琵琶仙

《吴都赋》云:"户藏烟浦,家具画船。①"唯吴兴为然。春游之盛,西湖未能过也。己酉岁,予与萧时父②载酒南郭,感遇成歌。

双桨来时,有人似、旧曲桃根桃叶。歌扇轻约飞花,蛾眉正奇绝。春渐远,汀洲自绿,更添了、几声啼鴂。十里扬州,三生杜牧,前事休说。　　又还是、宫烛分烟,奈愁里、匆匆换时节。都把一襟芳思,与空阶榆荚。千万缕、藏鸦细柳,为玉尊、起舞回雪。想见西出阳关,故人初别。

〔注〕 ① 清顾广圻《思适斋集》卷十五云:"此《唐文粹》李庚《西都赋》文,作《吴都赋》,误。李《赋》云:'其近也,方塘含春,曲沼澄秋。户闭烟浦,家藏画舟。'白石作'具''藏',两字均误。又误'舟'作'船',致失原韵。且移唐之西都于吴都,地理尤错。" ② 萧时父:萧德藻子侄辈,白石妻党。

宋词独诣之美,在于发抒灵心秀怀之思,极尽要眇馨逸之致。在中国人文化心灵发育史上,宋词意味着一种新境界。姜白石词,"天籁人力,两臻绝顶"(冯煦《宋六十一家词选例言》),几乎篇篇都是宋词中的珍品。

淳熙十六年己酉(1189),白石在吴兴(今浙江湖州)载酒游春时,有所感遇,遂写下这首《琵琶仙》词。吴兴北濒太湖,山水清绝。东西苕溪诸水流至城内,汇为霅溪,流入太湖。词序赞美吴兴"户藏烟浦,家具画船","春游之盛,西湖未能过也"。到过西湖、太湖的人都知道,西湖以韵致胜,太湖以气象胜。白石之言并非溢美。吴兴春游之盛,北宋著名词人张先有《木兰花·乙卯吴兴寒食》留下写照。白石此词，主旨却并不在春游，而在感遇。

“双桨来时，有人似、旧曲桃根桃叶。”发端便“从所遇说起，破空而来，笔势陡健，与他词徐徐引入者不同”（陈匪石《宋词举》）。旧曲，旧指旧游，曲指坊曲。“倡家谓之曲，其选入教坊者，居处则曰坊。”（郑文焯《清真集校》）桃叶，晋代王献之妾，桃根是其妹。献之笃爱桃叶，曾作《桃叶歌》（《隋书·五行志》、《乐府诗集》卷四五）。宋代词人常用桃叶桃根指称歌女姊妹。发端谓，水面上打来双桨，那画船由远而近，船上之女子，乍一睹之，其容貌竟酷似我旧时相知的坊曲女子。仔细谛视，毕竟不是。这番蓦然一惊、一喜、复又释然，而又不胜怅惘之感受，尽见于似之一字。这发端一幕，好有人间生活情味。“歌扇轻约飞花，蛾眉正奇绝。”歌扇是歌女手持之团扇，可以遮面障羞，上写歌曲之名以备忘，故名。此语点明画船女子之身份。约，掠也，拦也，宋人口语。此处轻约可解为轻接。空中飞花点点，那歌女轻举歌扇，轻接飞花，这下可看清了她的眉目容貌，真是美艳绝伦。上句笔致旖旎，下句则是重笔。奇绝二字映照发端，暗示出了旧曲桃叶之绝色，亦写出了自己之情深意重。接着词笔轻轻宕开，宕远。“春渐远，汀洲自绿，更添了、几声啼鴂。”此三句一韵，愈添境界悠远、烟水迷离之致。春意渐远，汀洲绿遍，更听得几声凄切的鹈鴂声。鹈鴂，鸣于暮春。《离骚》：“恐鹈鴂之先鸣兮，使夫百草为之不芳。”此三句以自然喻人事，一笔双关。春渐远，象征美好往事之渐遥。啼鴂声，更是隐喻美人迟暮之深悲。怀人之情，全融于景。有此一层意蕴，故直逼出歇拍三句：“十里扬州，三生杜牧，前事休说。”上一韵笔致纡徐，至此换为斗硬之笔，寸幅之间笔调迥异矣。杜牧《赠别》：“娉娉袅袅十三余，豆蔻梢头二月初。春风十里扬州路，卷上珠帘总不如。”山谷《广陵早春》：“春风十里珠帘卷，仿佛三生杜牧之。”三生谓过去、现在、未来人生三世。歇拍化用杜、黄诗句。十里扬州，喻说旧游之美好绮丽。三生杜牧,喻说旧游之恍如隔世,亦暗示着情根之不可断灭。唯其如此,前事休说,言外真是痛苦已极。直至九年后,白石作《鹧鸪天・十六夜出》,仍有"东风历历红楼下,谁识三生杜牧之"之句,亦犹此意也。

换头又漾开笔锋写景。"又还是、宫烛分烟,奈愁里、匆匆换时节。"此化用韩翃《寒食》:"春城无处不飞花,寒食东风御柳斜。日暮汉宫传蜡烛,轻烟散入五侯家。"唐宋有清明日皇宫取新火以赐近臣之习俗。此借喻又当清明时节,风景依稀似旧,年华却已暗换。奈愁里、匆匆换时节,语意蕴藉圆融,既是叹惋现境之春暮,又是悲慨今昔之变迁。于是,笔脉又绕回欲休说而不能之旧事。"都把一襟芳思,与空阶榆荚。"此二句化用韩愈《晚春》:"杨花榆荚无才思,唯解漫天作雪飞。"又当春归,人不得归,满襟芳思,化为寸灰,又何异于榆荚之尽委空阶。极可注意的是,上二韵所化用的二韩之诗,皆含有杨柳之描写。由此而引出下一韵,实为天然凑泊。"千万缕、藏鸦细柳,为玉尊起舞回雪。"前句语近清真《渡江云》:"千万丝、陌头杨柳,渐渐可藏鸦。"玉尊,指酒筵。此一韵之精妙,妙在从现境之杨柳,幻化出别时之情境。眼前千万缕杨柳深矣,渐可藏鸦,不由人想起当年别筵,细柳飞舞,飞絮漫天,替人依依惜别。从杨柳写出忆别,情景交炼,天然凑泊之妙,可分两层说。杨柳象征离别之情,此唐诗宋词之通义也。刘禹锡《杨柳枝》:"长安陌上无穷树,唯有垂杨管别离。"此其一。白石"合肥情遇与柳有关"(夏承焘《姜白石词编年笺校》)。其《淡黄柳》序云:"客居合肥南城赤栏桥之西,……柳色夹道,依依可怜。"《凄凉犯》序云:"合肥巷陌皆种柳,秋风夕起骚骚然。"杨柳隐喻合肥情遇,为白石词中所常见。此其二。于是纵笔写出结末:"想见西出阳关,故人初别。"此化用王维《送元二使安西》:"渭城朝雨浥轻尘,客舍青青柳色新。劝君更进一杯酒,西出阳关无故人。"亦含两层意蕴。王诗原写出柳色,正与合肥风光暗合,一妙也。合肥在南宋已是边城，譬之阳关，尤为精切，二妙也。白石《凄凉犯》："绿杨巷陌秋风起，边城一片离索。"正可印证。连上一韵，结笔是谓：眼前柳色不禁令人想见离开合肥时，杨柳依依，我与故人惜别那一刻的难忘情景。此是词情之高潮，戛然而曲终于此，大有"扫处即生"的意味，余韵深永无极。

夏承焘云："此湖州冶游，枨触合肥旧事之作。桃根桃叶比其人姊妹。合肥人善弹琵琶，《解连环》有大乔能拨春风句，《浣溪沙》有恨入四弦句，可知此调名《琵琶仙》之故（此调始见于白石集，《词律》十六、《词谱》廿八皆谓是其自创）。"考论极精当。词人因见湖州画船上之歌女，蛾眉奇绝，酷似合肥女子，遂感发起怀人之情，一襟芳思。正如沈祖棻云："蛾眉虽自奇绝，而属意终在故人，所谓'任他弱水三千，我只取一瓢饮也'。"（《姜夔词小札》）分析至为精湛。显然，词中这种择善固执忠实不渝之爱情，实为全词艺术之命脉。

此词艺术造诣精深华妙。陈锐《袌碧斋词话》称白石词"结体于虚"，正可移评此词之造境。这是首怀人词。怀人之词，结构造境神明变化之能事，无过于清真。但清真笔法主要是追思实写，造成一种恍如现实之境，便别具一种引人入胜之效果。白石则另辟蹊径，所写回忆，皆一笔带过（但亦极认真），全词之主体构成是写景及唱叹，结体于虚。词人所着力的是写出其悱恻缠绵之情味、要眇馨逸之韵致。其效果正"如瘦石孤花，清笙幽罄，入其境者疑有仙灵，闻其声者人人自远"（郭麐《灵芬馆词话》）。追思实写，故浑厚。结体于虚，故空灵。清真以境胜，白石则以韵胜也。此词之情景交炼，妙在天然凑泊。情景交炼本是中国诗词之一基本手法。但在一切优秀的诗人笔下，情景交炼又有各自不同的特质与奥妙。本词之此中奥妙，上文已指出在于两个层面。一是写景含有传统比兴之意蕴。如伤春即伤爱情，写柳即写别情。二是写景含有特定背景之指向。如合肥巷陌皆种柳，写柳即是怀合肥情遇。故此词情景交炼，实为天然凑泊。全词颇以健笔写柔情。发端笔势峭拔，歌扇句笔致旖旎，蛾眉句复为重笔。春渐远一节及下片大半幅皆运笔轻灵纡徐，但两片歇拍又皆复出斗硬劲健之笔。全词又颇以虚字传神。词中虚字如似、正、渐、自、更、了、休、又还是、奈、都、为、初，层出叠见。词中虚字，有如画中虚白，皆灵气韵味往来之处，教人随时停下涵泳，领会其要眇之情，含蓄之致。用健笔写柔情，及用虚字传神，遂形成清刚疏宕之风格。回翔雒诵全词，确实使人意远。

（邓小军）

侧　犯

咏芍药

恨春易去，甚春却向扬州住。微雨，正茧栗[1]梢头弄诗句。红桥二十四，总是行云处。无语，渐半脱宫衣笑相顾。　　金壶细叶，千朵围歌舞。谁念我、鬓成丝，来此共尊俎。后日西园，绿阴无数。寂寞刘郎，自修花谱。

〔注〕　① 茧栗：本言牛犊之角初生，如茧如栗，见《礼记·王制》。任渊注黄庭坚诗“红药梢头初茧栗”句，谓“此借用以言花苞之小”。白石此句即本于黄诗。

这首词描述的是扬州的景物风情。姜夔游历扬州，反映在作品中可以查考的有两次，一次是孝宗淳熙三年（1176），他二十来岁，因事路过这座古城，目睹经过战火洗劫的萧条景象，感慨万端，于是创作了名篇《扬州慢》，

以寄托自己的"黍离之悲";一次是宁宗嘉泰二年(1202),他重游扬州,已年近半百,时值暮春,芍药盛开,歌舞满城,词人置身于名花倾国之中,顿生迟暮之感。《侧犯·咏芍药》描述的就是这样的情境。

开头"恨春易去"四字笼罩全篇,是命意所在。"甚春却向扬州住",用疑问的语气表现出对比之意和颂赞之情。暮春时节,花渐残落,别的地方已是春色无多,而在扬州,到处都可见到春的踪迹,春天好像对这座美丽繁华的城市有着特殊的感情,故而迟迟不愿离去。此刻,细雨如烟,芍药枝头的蓓蕾,吮吸甘霖,生机勃发,孕育着醉人的诗意。"红桥二十四",指扬州的风流名胜二十四桥,桥边芍药弥望。"二十四桥明月夜,玉人何处教吹箫?"至北宋已仅存七桥(沈括《梦溪笔谈》卷三注),此言其多而已。红桥、碧水、明月、美人,加上那仙乐一般的箫声,多么令人神往!"总是行云处"似借宋玉《高唐赋》中楚王梦与巫山神女相会的故事来描写仕女如云,从而给红桥一带涂上一层玫瑰色的光彩。以下由写人转而写花,但为了和上文相承接,相融合,词人采用比拟的手法,化物为人:"无语,渐半脱宫衣笑相顾。"芍药的蓓蕾在雨露的滋润和游人的瞩目下,悄无声息地开放了。她们半裹红妆,微露笑靥,深情地顾盼着来来往往的观赏者(包括词人自己)。句意隐含着我已无福消受的意思,为下片写自己感伤迟暮张本。

"金壶细叶"展示的是盛开的芍药。硕大的金红色花朵,衬以细密柔润的绿叶,显得分外明丽动人。美貌的女郎在花丛中尽情地唱着、跳着,应和春的旋律。这声色交融、春情激荡的场面,顿时勾起词人的迟暮之感。"红药梢头初茧栗,扬州风物鬓成丝。"(黄庭坚《广陵早春》),扬州风物虽好,无奈自己已两鬓皤然,置身于粉红黛绿之间,显得多么的不相称。"谁念我,鬓成丝",句意似即本于黄诗。结末以刘攽自况。据《宋史·艺文志》记载,刘的著述除《彭城集》、《公非先生集》等外,还有一卷《芍药谱》,可惜已经失传。"后日西园,绿阴无数。寂寞刘郎,自修花谱",意思是说,待到春尽夏来，名园绿肥红瘦之时，我愿寂寞无闻地为芍药编修花谱。人虽老，春虽尽，自己爱花惜花之情却不会消减。“寂寞”二字，与“自”字相映合，充满苦涩滋味，映现出类似“无可奈何花落去”的凄凉心境，读来倍觉柔婉深沉。

昔人评论姜词，认为清空高远是其基本特色。张炎说：“词要清空，不要质实。清空则古雅峭拔；质实则凝涩晦昧。姜白石词如野云孤飞，去留无迹。”（《词源》卷下）姜词之所以给人留下这样的印象，原因在于作者有着丰富的美感经验，能够在感受、记忆、思考、想象等心理活动的基础上进行联想，然后选用清丽委婉的言辞，把它化作动人的意象。只是这类意象或意境总有些迷离恍惚，叫人难于把握。唯其如此，言外之意，画外之境才更加繁富，更加耐人寻味。这首词就大量采用比拟、双关的修辞手法，以物拟人，写物兼写人。物与人犹形与影，若合若离，显得明明丽丽而又影影绰绰。像“无语，渐半脱宫衣笑相顾”，以多情的人来比拟无情的花，以人的情态来表现花的容貌，十分生动。联系上文“微雨，正茧栗梢头弄诗句”，是写花无疑，前者描述欲放未放的花苞，这里展示已开但未全开的花朵。而联系下文“金壶细叶，千朵围歌舞。谁念我，鬓成丝，来此共尊俎”，写花之外，又分明是在写人，由扬州风物写到扬州风情，从而勾出“鬓成丝”的慨叹。这样，就大大丰富了作品“恨春易去”的命意。融情于景而又使之逸于景外，这大概就是构成清空高远境界的一种有效手段。

张炎所说的“词不宜质实”，乃是从对面总结了姜夔的创作经验。姜夔惯于采用避实就虚、提空写景的方法。例如芍药枝头的蓓蕾，在春雨的催发下迅速膨大，不断发生变化。那过程，那状态，极其微妙，无法目睹。如要质实，结果仍不免流于“凝涩晦昧”。在姜夔的笔下，它表现得非常简洁，也非常生动：“微雨，正茧栗梢头弄诗句。”“弄诗句”是酝酿诗情的意思，它确乎比较抽象，没能把花苞受雨后飞快发育成长的状况具体地显示出来，但却深刻地揭示出变化的微妙以及含蕴其间、难以言说的诗意美。这种执简驭繁，不图肖形、但求传神的表现手法，无疑有助于清空高远艺术境界和风格的形成。

（朱世英）

水龙吟

黄庆长夜泛鉴湖，有怀归之曲，课予和之。

夜深客子移舟处，两两沙禽惊起。红衣入桨，青灯摇浪，微凉意思。把酒临风，不思归去，有如此水。况茂陵游倦，长干望久，芳心事、箫声里。　屈指归期尚未。鹊南飞、有人应喜。画阑桂子，留香小待，提携影底。我已情多，十年幽梦，略曾如此。甚谢郎、也恨飘零，解道月明千里。

白石平生怀人情深，大自然之一草一木，人世间之寻常小事，往往牵发其情而不能自已。如《江梅引》："见梅枝，忽相思。"如《琵琶仙》："双桨来时，有人似、旧曲桃根桃叶。"这首《水龙吟》，则是借和友人怀归之词，而发抒自己相思之意。绍熙四年（1193）之秋，白石客游绍兴，与友人黄庆长清夜泛舟城南之鉴湖，庆长作怀归之词，嘱白石和之，白石遂有此作。

"夜深客子泛舟处，两两沙禽惊起。"发端便写出要眇清逸之境。夜已深，移舟更向鉴湖深处，不觉惊起双双水鸟，词人写境，笔笔增添幽致。"红衣入桨，青灯摇浪，微凉意思。"次韵更至佳境。红衣指荷花，青灯指船灯，"思"，念去声。不言桨入红衣，浪摇青灯，而言红衣入桨，青灯摇浪，词情愈

【鉴赏】

发摇曳生姿，颇有全身心与大自然相拥抱之意味。红衣青灯，相映成趣，桨声浪音，一片天籁，不禁引人有超然尘外之思。微凉意思，一语双关，一意化两，由景入情，此是转圜之关节。湖上凉意固可感矣，心上意思如何？“把酒临风，不思归去，有如此水。”上犹景语，此竟出誓辞，奇笔。把酒临风，语出《岳阳楼记》：“登斯楼也，则有心旷神怡，宠辱皆忘，把酒临风，其喜洋洋者矣。”但在词人用来，却不但不能忘情于世，而且更引出爱情之誓辞。词人指水为誓：不思归去，有如此水。犹言我心怀归，有此水为证。苏东坡《游金山寺》诗云：“有田不归如江水！”其言又本于《左传·僖公二十四年》：“公子(重耳)曰：所不与舅氏同心者，有如白水！”杜注：“言与舅氏同心之明，如此白水。犹《诗》(《大车》)言谓予不信，有如皎日。”孔疏：“诸言有如，皆是誓辞。有如日，有如河，有如皎日，有如白水，皆取明白之义，言心之明白，如日如水也。”姚际恒《诗经通论》指出，《大车》为男女“誓辞之始”。词人借用古人设誓之语，明其必归相见之情，足见情非寻常，意实庄严。“况茂陵游倦，长干望久，芳心事、箫声里。”歇拍四句紧承誓语，句句申说思归。茂陵是汉武帝陵墓，在长安之西，汉代为豪富聚居之地。《史记·司马相如传》载：“相如病免，家居茂陵。”《西京杂记》还记有“相如将聘茂陵人女为妾”之传闻。长干是古代南京城南之里巷。李白有《长干行》，写女子望夫之情。词人借用茂陵自指，长干则指所怀之人。歇拍谓，我本有归去之志，更何况远游已倦，伊人望久——“怎忘得玉环分付，第一是早早归来。”如闻伊人把美好之心愿，诉诸清越之箫声。

换头二韵六句皆展衍芳心事。“屈指归期尚未。鹊南飞、有人应喜。”上句写自己一方，婉言归期未有期。下句写对方，想象伊人闻鹊而喜。曹操《短歌行》：“月明星稀，乌鹊南飞。”此用其语。《西京杂记》：“乾鹊噪而行人至。”此用其意。于是词境翻进悬想之妙境。“画阑桂子，留香小待，提携影底。”底，里也。词人进一步想象，画栏之前，桂树含情，留得花香，等待人归，待得人归，好与伊人携手游赏于月光之下，桂花影里。此一意境，幻想层出，温柔旖旎而又幽约窈眇，不但刻画出伊人精神，而且写出树亦含情。真是精诚所至，梦笔生花。然而上言归期尚未，则此种种幻境，如鹊南飞有人喜、桂子留香、携手影里，又不免化为无着之幻影而已。白石《江梅引》云："几度小窗幽梦手同携。"与此同一意境。"我已情多，十年幽梦，略曾如此。"词人感喟，我已是自伤多情，十年以来，悲欢离合，总如梦如幻，悲多欢少，大抵如此。可是，"甚谢郎、也恨飘零，解道月明千里？"为何友人你也是自恨飘零，咏出月明千里一类之词章呢？谢郎即南朝宋之谢庄，此借指友人黄庆长。解道犹言会咏。月明千里，指谢庄《月赋》"美人迈兮音尘阙，隔千里兮共明月。临风叹兮将焉歇？川路长兮不可越"之句，此借指友人原作。结笔挽合友人与自己一样怀归，正是和作应有之义。但写人亦是写己，结穴于月明千里，窈眇之致有余，远意何限。

此词是和人之作，主体则是自述相思。此词之佳处，不仅在于从忘情之游乐翻出执着之相思，尤在于从相思之中，又翻出对方之情，对方之境，而且精妙无比。鹊南飞、有人应喜，是想象对方之现境。画阑桂子，留香小待，提携影底，则想象团圆之未来，而且树亦含情。幻中生幻，奇之又奇，乃全词神光聚照之处。词人抒情写境，绝非一往孤诣，而是回环婉转，充我情之量，为伊人一方作设身处地之想。于是彼我之情，有如水乳交融，融融泄泄。双方之境，亦如双镜互照，交相辉映。说对方之情以说自己之情，写相思之境而成圆融之境，纵然是生离死别，亦体现至善尽美，此中国爱情文学之能事也，此尤白石爱情词之所以为白石爱情词也。试看白石《浣溪沙》："恨入四弦人欲老，梦寻千驿意难通。"《踏莎行》："别后书辞，别时针线。离魂暗逐郎行远。淮南皓月冷千山，冥冥归去无人管。"《鹧鸪天》："春未绿，鬓先丝。人间别久不成悲。谁教岁岁红莲夜，两处沉吟各自知。"何一而非此种境界？然而，若无指水誓归之至诚，又安得有此梦笔生花之奇境耶？

（邓小军）

探春慢

予自孩幼从先人宦于古沔，女须因嫁焉。中去复来几二十年，岂惟姊弟之爱，沔之父老儿女子亦莫不予爱也。丙午冬，千岩老人约予过苕霅，岁晚乘涛载雪而下，顾念依依，殆不能去。作此曲别郑次皋、辛克清、姚刚中诸君。

衰草愁烟，乱鸦送日，风沙回旋平野。拂雪金鞭，欺寒茸帽，还记章台走马。谁念漂零久，漫赢得幽怀难写。故人清沔相逢，小窗闲共情话。　长恨离多会少，重访问竹西，珠泪盈把。雁碛波平，渔汀人散，老去不堪游冶。无奈苕溪月，又照我扁舟东下。甚日归来，梅花零乱春夜。

淳熙十三年丙午(1186)，姜夔回到了他幼年生活过的湖北汉阳。他是为了去探望嫁在汉阳的姐姐和郑次皋等朋友们的。据《白石道人诗说·自序》:“淳熙丙午立夏，余游南岳，至云密峰。”之后，在秋天来到汉阳。他这次在汉阳停留的时间不很长，而感情上却眷恋很深。他因应千岩老人也就是他的叔岳萧德藻之约，在年底就冒雪乘舟顺江而下转浙江湖州了。这首词是临别前与朋友们叙别之作，时约三十二岁。

词的开头，是对临别时汉阳自然景物的描写。“衰草愁烟，乱鸦送日，风沙回旋平野。”在词人的笔下，首先展开了一幅汉阳冬景的画卷，给野草、暮烟、乌鸦都赋予了感情。忧愁的暮烟，衰老了的野草，乌鸦向夕阳送别，风沙在回旋飞舞。这幅凄楚的画卷，是通过这些带有感情的自然景物表现出来的，而这正是作者自己当时思想感情的写照。这时的姜夔已是人到中年，尽管他有着多方面的才能，仍然是功不成，名不就，长期过着漂泊江湖的生活。从这首词可以看出，他对江湖游士、豪门清客的生活，已有些厌倦了，然而他又不能不这样生活下去，因而在词中对自己的生活与现实，流露了不满之情。

接着是对自己往事的回忆：“拂雪金鞭，欺寒茸帽，还记章台走马。”姜夔以自己的诗才，结识了著名诗人萧德藻，萧并把侄女嫁给了他。萧德藻与尤袤、范成大、陆游齐名，有“尤萧范陆四诗翁”之称。通过萧德藻，他又结识了范成大、杨万里、陆游、辛弃疾、叶適、朱熹等社会名流。作为权门清客，他有过壮游的生活，游荡过繁华的娱乐场所。词中追忆了这段漫游生活之后，他认为最值得珍惜的还是昔日的友情：“谁念飘零久，漫赢得幽怀难写。故人清沔相逢，小窗闲共情话。”这位有才华的诗人、词家，他的诗曾受到杨万里的高度评价：“尤萧范陆四诗翁，此后谁当第一功。新拜南湖为上将，更推白石作先锋。”凭着他的社会关系与在诗坛的盛名，他决不至于晚年家贫如洗，死后靠别人的资助来埋葬，原因就在于他不同于一般的权门清客。他是一个摆脱了世俗观念的纯粹的诗人。张平甫要为他“输资以拜爵”，被他谢绝了（见《鹤林玉露》）。他一生最珍视的不是钱财，不是官位，他是一个忠于文学艺术事业，忠于友情的人。所以在怀念往日壮游生活之后，不禁深深地感叹：有谁怜念我湖海飘零，只落得满腔伤感！他感到同汉阳朋友的促膝谈心，是多么难得和多么珍贵！

下片的开头，是对旧游之地的追忆与深沉的感叹：“长恨离多会少，重访问竹西，珠泪盈把。雁碛波平，渔汀人散，老去不堪游冶。”首先他慨叹的，是在人生的旅程里，同朋友们“离多会少”。对于一个最珍视友情的人，离别当然是最痛苦的。眼前的现实又逼迫他在汉阳只能有短暂的停留，又要东下湖州了。

接着是追忆他的扬州、衡岳、洞庭等地之游。竹西亭在扬州。“雁碛”、“渔汀”都不是泛指大雁栖息的沙滩，和渔舟往来的洲渚，是指他曾经“游冶”过的名山胜地。他曾游衡岳、洞庭，回雁峰是南岳七十二峰之一，濒临湘水，水边滩碛相连；洞庭湖，渔舟往来不歇，因此应指他曾经游历过的衡岳、洞庭。（《昔游诗》中说：“昔游衡山下，看水入朱陵。”又说：“芦洲雨中淡，渔网烟外归。”）重访扬州为什么会使他“珠泪盈把”呢？因为金人在建炎三年（1129）和绍兴三十一年（1161）大举南下之后，繁华的扬州遭到了惨重的破坏。他在初访扬州时写的《扬州慢》一词中说：“过春风十里，尽荠麦青青。”诗人怀着爱国的黍离之悲，重访扬州，怎能不令人伤痛！对于衡岳、洞庭的壮丽风光，他在《昔游诗》这一组诗中，曾尽情地描绘。他歌颂洞庭说：“洞庭八百里，玉盘盛水银。长虹忽照影，大哉五色轮。”他描写南岳说：“飞云身畔遇，揽之不盈掬。”描写南岳湘滨的风光说：“昔游衡山下，看水入朱陵。半空扫积雪，万万玉花凝。”现在由于情怀寥落，没有那种游乐之情了。白石论诗，主张“意中有景，景中有意”，主张“句中有余味，篇中有余意”。这首用白描手法描写的词，所以令人读来余味无穷，正是由于“景中有意”的缘故。比如竹西亭吧，这是扬州胜景，然而白石重访时，却是“珠泪盈把”。衡阳的“雁碛”，洞庭的“渔汀”是多么幽雅的画面，然而诗人已觉得“老去不堪游冶”了。他在写景时，赋予自己的深意，因而使人读来余味无穷。

词的结尾也是很奇特的：“无奈苕溪月，又照我扁舟东下。甚日归来，梅花零乱春夜。”苕溪，指湖州，千岩老人萧德藻的住所。这里，他从往日的游历，突兀地又说到将来，而且联想到将是载月乘舟东下，而异日重返汉阳时，又将是梅花盛开的春夜。白石曾说：“波澜开阖，如在江湖中，一波未平，一波已作。如兵家之阵，方以为正，又复是奇；方以为奇，忽复是正。出入变化，不可纪极，而法度不可乱。”（《白石道人诗说》）在整个下片中，他通过幽寂凄清的景物描写和奇特的联想，对所吟咏的事物，赋予了动人心扉的魔力。

这首词的艺术特色，是它的语言的美。这种美的总和，是构成了一种高远峭拔的词境。比如在写景方面，他用“衰草愁烟”、“乱鸦送日”、“雁碛波平”、“渔汀人散”、“梅花零乱”等等语言，烘托了一个幽寂凄凉的意境。抒情上，他运用了“谁念飘零久”、“幽怀难写”、“无奈苕溪月，又照我扁舟东下”等语言，以抒发他落寞的胸怀，使人有如泣如诉之感。

（何林天）

八　归

湘中送胡德华。

芳莲坠粉，疏桐吹绿，庭院暗雨乍歇。无端抱影销魂处，还见筱墙萤暗，藓阶蛩切。送客重寻西去路，问水面琵琶谁拨？最可惜、一片江山，总付与啼鴂。　　长恨相从未款，而今何事，又对西风离别？渚寒烟淡，棹移人远，缥缈行舟如叶。想文君望久，倚竹愁生步罗袜。归来后，翠尊双饮，下了珠帘，玲珑闲看月。

这首词据夏承焘《姜白石词编年笺校》考证，大约写于宋孝宗淳熙十三

【鉴赏】

年(1186)以前,词人客游长沙时。胡德华,生平不详。全词描述了离别前的忧伤、临别时的依恋难舍,以及悬想别后所送之人归家与亲属团聚的情景。前面实写,后面虚写,多次转移场景,逐层抒发离情别绪,在章法和布局方面颇具匠心。

上阕分两层。前六句为一层,以雨后寂寞萧条的庭院为背景,写别前。莲花脱落粉色的花瓣,桐树吹下带绿的叶子,是初秋院中之景。竹篱边发光暗淡的萤虫,苔阶下鸣声凄切的蟋蟀,是秋夜庭前之物。这四样景物,有昼景,有夜景;有植物,有动物;植物又有花、有叶,动物又有光、有声,配置匀整,然而情状都带惨含愁,总的构成一片冷清的环境,凄凉的气氛。中间"暗雨乍歇"写天时,"抱影销魂"写人事。词人在雨后增寒之时,落花坠叶之候,独处神伤之际,更添上所见的暗淡萤火,所闻的凄切虫声,情怀自更不堪,"还见"二字,便透出这个分量。何以如此,是因为即将送别友人。江淹《别赋》说:"黯然销魂者,唯别而已矣!"这话是不假的。这种将别的愁情,由于用了许多惹愁的景物层层烘染,便见得加倍的浓重。这六句词,俨然便是《九辩》首章的缩写。

"送客"以下开始转入离别,是第二层。场景由庭院逐渐移至送别的水边。西去,表客行方向。重寻,表明在此送行已非一回,因而倍增伤感。"问水面琵琶谁拨",化用白居易《琵琶行》中"忽闻水上琵琶声"的诗句,而改为以"问"字领起的设问句,语气显得委婉含蓄,顿挫有节。接着,"最可惜、一片江山,总付与啼鴂",则声情激越,寄慨遥深。啼鴂,或作鹈鴂、鶗鴂,又名子规、杜鹃,此鸟"春分鸣则众芳生,秋分鸣则众芳歇"(《广韵》)。屈原《离骚》中有"恐鹈鴂之先鸣兮,使夫百草为之不芳"之句。这里也是借啼鴂的鸣声来表现众芳芜秽、山河改容的衰飒景象,衬托离情,极为沉痛感人,有人认为其中还寄托了作者的家国之恨。

下阕也有两层意思。前六句承上,着重写惜别。"长恨"三句与柳永

《雨霖铃》过片处“多情自古伤离别,更那堪、冷落清秋节”出于同一机杼。柳词以“更那堪”三字递进一层,本词则以“而今何事”的设问追进一步,以倾吐惜别的深情。然后再以“渚寒”三句景语来代替情语,这里又与李白《送孟浩然之广陵》诗的“孤帆远影碧空尽,惟见长江天际流”的艺术手法相似,借淡烟寒水之中一叶行舟缥缈远去的景象,来表达送别者伫立江头,凝望着棹移人渐远的那种依依不舍的感情。

最后六句写别后,用美好的设想来排遣双方的离愁别恨。文君即卓文君,借指胡的妻室。“倚竹”句借用杜甫《佳人》诗“天寒翠袖薄,日暮倚修竹”和李白《玉阶怨》诗“玉阶生白露,夜久侵罗袜”中的妇女形象,以表现想象中胡妻等待丈夫归来的情景。“翠尊”三句亦化用李白同诗的后两句“却下水晶帘,玲珑望秋月”,描绘胡氏夫妇团聚的情景。点化前人诗句的艺术形象为自己抒情言志所用,不着痕迹,尽得风流,这也是姜夔词的艺术特色之一。

这首词感情真切而不流于颓丧。陈廷焯《白雨斋词话》评论说:“声情激越,笔力精健,而意味仍是和婉,哀而不伤,真词圣也。”细腻而有层次的抒情笔法,配合以移步换形的结构形式,也有助于形成那种激切而又哀婉的艺术风味。

(蒋哲伦)

解连环

玉鞍重倚。却沉吟未上,又萦离思①。为大乔能拨春风,小乔妙移筝,雁啼秋水。柳怯云松,更何必、十分梳洗。道郎携羽扇,那日隔帘,半面②曾记。　　西窗夜凉雨霁。叹幽欢未足,

【原文】

何事轻弃。问后约、空指蔷薇，算如此溪山，甚时重至。水驿灯昏，又见在、曲屏近底③。念唯有夜来皓月，照伊自睡。

〔注〕 ① 离思：思念去声(sì)，此用作名词。 ② 半面：初次见面。典出《后汉书·应奉传》李贤注引谢承语："奉年二十时，尝诣彭城相袁贺。贺时出行闭门，造车匠于内开扇出半面视奉，奉即委去。后数十年于路见车匠，识而呼之。" ③ 近底：近字下原注："平声。"

白石制词，一丝不苟。即选择现成调名，也往往有所用意。此词是白石离开合肥后，在驿舍追念分手情境所作惜别之词。调名《解连环》，正喻示着主题。

"玉鞍重倚。却沉吟未上，又萦离思。"起笔三句，点出事因。驿舍清晨，又将上马启程，词人却沉吟徘徊，离情别绪，又萦绕心头，牵绊得他难以遽去。却字转折有力，刻画出将渐行渐远而又不忍远去的内心冲突。又字亦可玩味。虽说又萦离思，实则驿舍一宿，何曾片时忘怀。离思为何？"为大乔能拨春风，小乔妙移筝，雁啼秋水。"三国时东吴"桥公两女，皆国色"(《三国志·吴志·周瑜传》)，人称大桥、小桥。桥或写作乔。此指合肥恋人姊妹。临别前，姊妹俩为行人作最后一次演奏，姐姐拨动琵琶，妹妹弹起筝，诉说衷曲。句中春风二字代指琵琶及其演奏技艺。王安石《明妃曲》："含情欲说独无处，传与琵琶心自知。黄金杆拨春风手，弹看飞鸿劝胡酒。"黄庭坚《次韵和答曹子方杂言》："侍儿琵琶春风手。"雁字切筝，以筝承弦之柱斜列如雁行。由春风与雁，又化出琵琶声如春风流拂、筝声如雁唳秋江的音乐意境，使此词有象外之象之妙。"柳怯云松，更何必、十分梳洗。"柳怯，喻体态柔弱，云松，喻发髻蓬松，四字状女子憔悴伤心之神貌，亦暗示出女子之美。粗服乱头，不掩国色，又何必梳妆整齐呢？接上来三句，用道字领起女子的话语。“道郎携羽扇，那日隔帘，半面曾记。”半面指初次见面。女子道：还记得初次见面那天，隔着帘儿看见您携了羽扇而来的样子。语短情深，声吻宛然。女子缅怀初次见面，实叹惋轻易离别。初次见面印象之难以忘怀，又可见其爱情之深挚缠绵。

“西窗夜凉雨霁。”换头写临别前夕情境，以收束追忆。当雨住时，天将拂晓，人将启程矣。追忆及此，词人不禁叹息：“叹幽欢未足，何事轻弃。”叹欢好未足，何苦轻别，词笔已收回现在，遥遥应合起笔之“沉吟未上，又萦离思”。许昂霄《词综偶评》于此云：“与起处遥接。从合至离，他人必用铺排，当看其省笔处。”评得极是。紧接着，词人又陷入追忆。“问后约、空指蔷薇，算如此溪山，甚时重至。”溪山映照伊人。白石《点绛唇》云：“淮南好。甚时重到。”与此可以相互印证。溪山、淮南，皆指合肥，实即指合肥女子。女子询问后会何时，词人指蔷薇花谢为期，词语用杜牧《留赠》诗：“不用镜前空有泪，蔷薇花谢即归来。”（清真《氐州第一》：“也知人悬望久，蔷薇谢、归来一笑”，并同。）实则自己亦心中茫然，溪山如此美好，不知何日才能重到。这正是：此情可待成追忆，只是当时已惘然。此三句是临别情境之一重要补笔，刻画出合肥女子的一片痴情，也写出词人内心的失落感。论笔致可谓曲折尽致。正如许昂霄《词综偶评》所说：“深情无限。觉少游‘此去何时见也’浅率寡味矣。”追忆至此已尽，接下来写的是幻觉之境。“水驿灯昏，又见在、曲屏近底。”见，想象之辞，在，语助词。近，白石自注：“平声。”按词律此字须用平声，白石制词心细如发，此亦可见。底，里也。近底即旁边。以上皆宋人口语。水边驿舍，一灯昏黄，朦胧中，词人好像又回到伊人居处，曲曲屏风旁边。此一霎幻觉之描写，亦写出此时词人相思入骨以致神志恍惚。尤妙者，将水驿灯昏之现境与曲屏近底之幻境叠印为一境，真耶，幻耶，恍不可辨。白石《霓裳中序第一》云“一帘淡月，仿佛照颜色”，与此同一意境。幻觉一霎即逝。结笔，词人又陷入痴情之悬想：“念唯有夜来皓月，照伊自睡。”想得伊人夜来最苦，只有淮南皓月，冷照伊人孤眠。一结凄凉无尽。

此词显著特色是寓叙事于抒情。词人用追忆及想象之抒情形式，写出分别前后之种种情境。起笔三句写现境，“为大乔”以下直至换头，全是追忆惜别情境。“叹幽欢”二句才收回现在，“问后约”四句又跌入追忆。“水驿”三句则是幻觉，结笔变为悬想。纵观全幅，上片主写追忆，层次较为单纯，下片则远为繁复，把追忆与现境、幻觉与悬想打成一片。由单纯而趋繁复之抒情结构，亦反映出词人由深沉而趋激烈之心态变化过程。寓叙事于抒情之笔法，实远绍清真。陈廷焯《白雨斋词话》卷三云：“白石、梅溪皆祖清真，白石化矣。”白石怀人诸词，多不以回忆为主，而是另辟蹊径，化浑厚为清空，有别于清真，此词却逼近清真笔法。至其描写逼真，惜别情景，宛然在目，可无烦辞费。《解连环》词律规定要用一系列仄声单字领起下文。领字兼有声情并至之妙，是此词又一特色。词中每下一领字，如：却、为、更、道、叹、问、算、又、念，便领起一层词情词境。领字递用，则情境层层翻进。诸领字又多为感叹词，表达怀想叹惋，最是虚处传神。尤其字声颇为精心，除却字外，其余领字皆用去声，去声振奋，恰好振起声情。万树《词律》云：“名词转折跌宕处多用去声。”此词正是好例。

（邓小军）

扬州慢

淳熙丙申至日，予过维扬，夜雪初霁，荠麦弥望。入其城则四顾萧条，寒水自碧。暮色渐起，戍角悲吟。予怀怆然，感慨今昔，因自度此曲，千岩老人以为有黍离之悲也。

【原文】

淮左名都，竹西佳处，解鞍少驻初程。过春风十里，尽荠麦青青。自胡马窥江去后；废池乔木，犹厌言兵。渐黄昏，清角吹寒，都在空城。　　杜郎俊赏，算而今、重到须惊。纵豆蔻词工，青楼梦好，难赋深情。二十四桥仍在，波心荡、冷月无声。念桥边红药，年年知为谁生！

这首词写于宋孝宗淳熙三年(1176)冬至日，词前的小序对写作时间、地点及写作动因均作了交代。姜夔因路过扬州，目睹了战争洗劫后扬州的萧条景象，抚今追昔，悲叹今日的荒凉，追忆昔日的繁华，发为吟咏，以寄托对扬州昔日繁华的怀念和对今日山河残破的哀思。

这首词在艺术表现上的一个显著特点是写景物带有浓厚的感情色彩，景中含情，化景物为情思。它的写景，不俗不滥，紧紧围绕着一个统一的主题，即为抒发"黍离之悲"服务。词人到达扬州之时，是在金主完颜亮南犯后的十五年。他"解鞍少驻"的扬州，位于淮水之南，是历史上令人神往的"名都"，"竹西佳处"是从杜牧《题扬州禅智寺》"谁知竹西路，歌吹是扬州"化出。竹西，亭名，在扬州东蜀岗上禅智寺前，风光优美。但经过金兵铁蹄蹂躏之后，如今是满目疮痍了。战争的残痕，到处可见，词人用"以少总多"的手法，只摄取了两个镜头："过春风十里，尽荠麦青青"和满城的"废池乔木"。这种景物所引起的意绪，就是"犹厌言兵"。清人陈廷焯特别欣赏这段描写，他说："写兵燹后情景逼真。'犹厌言兵'四字，包括无限伤乱语，他人累千百言，亦无此韵味。"(《白雨斋词话》卷二)这里，作者使用了拟人化的手法，连"废池乔木"都在痛恨金人发动的战争，物犹如此，何况于人！有知有情的人民对这战争的痛恨与诅咒，当然要超过"废池乔木"千百倍。

上片的结尾三句"渐黄昏，清角吹寒，都在空城"，却又转换了一个画

【鉴赏】

面，由所见转写所闻，气氛的渲染也更加浓烈。当日落黄昏之时，悠然而起的清角之声，打破了黄昏的沉寂，这是用音响来衬托寂静。“清角吹寒”四字，“寒”字下得很妙，寒意本来是天气给人的触觉感受，但作者不言天寒，而说“吹寒”，把角声的凄清与天气联系在一起，把产生寒的自然方面的原因抽去，突出人为的感情色彩，似乎是角声把寒意散布在这座空城里。听觉所闻是清角悲吟，触觉所感是寒气逼人，再联系视觉所见的“荠麦青青”与“废池乔木”这一切交织在一起，一切景物在空间上来说都统一在这座“空城”里，“都在”二字，使一切景物联系在一起，同时化景物为情思，将景中情与情中景融为一体，来突出“黍离之悲”。

用今昔对比的反衬手法来写景抒情，在这阕词中是比较突出的。上片用昔日的“名都”来反衬今日的“空城”；以昔日的“春风十里扬州路”来反衬今日的一片荒芜景象——“尽荠麦青青”。下片以昔日的“杜郎俊赏”、“豆蔻词工”、“青楼梦好”等风月繁华，来反衬今日的风流云散、对景难排和深情难赋。以昔时“二十四桥明月夜”的乐景，反衬今日“波心荡、冷月无声”的哀景。“波心荡、冷月无声”的艺术描写，是非常精细的特写镜头。二十四桥仍在，明月夜也仍有，但“玉人吹箫”的风月繁华已荡然无存了。词人用桥下“波心荡”的动，来映衬“冷月无声”的静。“波心荡”是俯视之景，“冷月无声”本来是仰观之景，但映入水中，又成为俯视之景，与桥下荡漾的水波合成一个画面，从这个画境中，似乎可以看到词人低首沉吟的形象。总之，写昔日的繁华，正是为了表现今日之萧条。

善于化用前人的诗境入词，用虚拟的手法，使其波澜起伏，余味不尽，也是这首词的艺术特色之一。《扬州慢》大量化用杜牧的诗句与诗境（有四处之多），又点出杜郎的风流俊赏，把杜牧的诗境，融入自己的词境；但他的追昔，主要怀念的是扬州的风月繁华与风流俊赏，这多少削弱了严肃的爱国主义的主题。

词的下片，较多地使用了虚拟的手法。词人设想：杜牧如果重游扬州，面对今日的萧条，也会感到惊心，即使像杜牧那样才华横溢的诗人，怕也“难赋深情”了。“算而今重到须惊”的“算”字，“纵豆蔻词工”的“纵”字，“念桥边红药”的“念”字，都是虚拟和加强语气的字眼。特别是结束处的虚拟，更耐人寻味。冬至之日，本来不是红芍药花开的季节，但纵使冬去春回，来日红药花开，又有谁来欣赏它呢？花开依旧，人事已非，花开也不过徒增空城的感伤而已。词情跌宕浓烈，增强了艺术感染力。

（刘文忠）

长亭怨慢

予颇喜自制曲，初率意为长短句，然后协以律，故前后阕多不同。桓大司马云：“昔年种柳，依依汉南；今看摇落，凄怆江潭；树犹如此，人何以堪！”此语予深爱之。

渐吹尽、枝头香絮，是处人家，绿深门户。远浦萦回，暮帆零乱向何许？阅人多矣，谁得似长亭树。树若有情时，不会得青青如此！　　日暮，望高城不见，只见乱山无数。韦郎去也，怎忘得玉环分付。第一是早早归来，怕红萼无人为主。算空有并刀，难剪离愁千缕。

据夏承焘《姜白石词编年笺校》中《行实考》之《合肥词事》的考证，姜夔二三十岁时曾游合肥，与歌女姊妹二人相识，情好甚笃，其后屡次来往合

【鉴赏】

肥，数见于词作。光宗绍熙二年（1191），姜夔曾往合肥，旋即离去。《长亭怨慢》词，大约即是时所作，乃离合肥后忆别情侣者也。

题序中所谓“桓大司马”指桓温。《世说新语·言语》载桓温北征，经金城，见前所种柳皆已十围，曰：“木犹如此，人何以堪！”而题序中所引“昔年种柳”以下六句，均出庾信《枯树赋》，并非桓温之言。此或是姜夔偶尔误记。按此词是惜别言情之作，而题序中只言柳树，一则以“合肥巷陌皆种柳”（姜夔《凄凉犯》序），故姜氏合肥情词多借柳起兴，二则是故意“乱以他辞”，以掩其孤往之怀（说本夏承焘《合肥词事》）。

上半阕是咏柳。开头说，春事已深，柳絮吹尽，到处人家门前柳荫浓绿。这正是合肥巷陌情况。“远浦”二句点出行人乘船离去。“阅人”数句又回到说柳。长亭（古人送别之地）边的柳树经常看到人们送别的情况，离人黯然销魂，而柳则无动于衷，否则它也不会“青青如此”了。暗用李长吉诗“天若有情天亦老”句意，以柳之无情反衬自己惜别的深情。这半阕词用笔不即不离，写合肥，写离去，写惜别，而表面上却都是以柳贯串，借做衬托。

下半阕是写自己与情侣离别后的恋慕之情。“日暮”三句写离开合肥后依恋不舍。唐欧阳詹在太原与一妓女相恋，别时赠诗有“高城已不见，况复城中人”之句。“望高城不见”即用此事，正切合临行怀念情侣之意。“韦郎”二句用唐韦皋事。韦皋游江夏，与女子玉箫有情，别时留玉指环，约以少则五载，多则七载来娶。后八载不至，玉箫绝食而死（《云溪友议》卷中《玉箫记》条）。这两句是说，当临别时，自己向情侣表示，怎能像韦皋那样“忘得玉环分付”，即是说，自己必将重来的。下边“第一”两句是情侣叮嘱之辞。她还是不放心，要姜夔早早归来（“第一”是加重之意），否则“怕红萼无人为主”。因为歌女社会地位低下，是不能掌握自己命运的，其情甚笃，其辞甚哀。“算空有”二句以离愁难剪作结。古代并州（今山西）出产好剪刀，故云。这半阕词写自己惜别之情，情侣属望之意，非常凄怆缠绵。陈廷焯评此词云：“哀怨无端，无中生有，海枯石烂之情。”（《词则·大雅集》卷三）可谓知言。

姜夔少时学诗取法黄庭坚，后来弃去，自成一家，但是他将江西诗派作诗之艺术手法运用于词中，生新峭折，别创一格。男女相悦，伤离怨别，本是唐宋词中常见的内容，但是姜夔所作的情词则与众不同。他屏除秾丽，着笔淡雅，不多写正面，而借物寄兴（如梅、柳），旁敲侧击，有回环宕折之妙，无沾滞浅露之弊。它不同于温、韦，不同于晏、欧，也不同于小山、淮海，这是极值得玩味的。

（缪　钺）

淡黄柳

客居合肥南城赤阑桥之西，巷陌凄凉，与江左异，惟柳色夹道，依依可怜。因度此阕，以纾客怀。

空城晓角，吹入垂杨陌。马上单衣寒恻恻。看尽鹅黄嫩绿，都是江南旧相识。　正岑寂。明朝又寒食。强携酒，小桥宅。怕梨花落尽成秋色。燕燕飞来，问春何在，唯有池塘自碧。

根据作者自序，此词是写客居合肥的情怀。夏承焘《姜白石系年》编在光宗绍熙元年（1190）。由于金人南侵，南宋偏安，文恬武嬉，不思恢复，江淮一带在当时已是边区。符离之战后，更是民生凋敝，风物荒凉。“合肥巷陌多种柳”（《凄凉犯》序），作者客居南城赤阑桥西，虽时近寒食清明，春光正好，却“巷陌凄凉，与江左异，惟柳色夹道，依依可怜”。作者饶有感慨，便

自度了这支曲子，即名之曰《淡黄柳》。

上片写清晓在垂杨巷陌的凄凉感受，主要是写景。首二句写所闻，“空城”二字先给人荒凉寂静之感，这样的环境中，“晓角”的声音便异常突出，如空谷猿鸣，哀转不绝。其声随风吹入垂杨巷陌，像在诉说此地的悲凉。听的人偏偏是异乡作客，更觉难以为情，此二句与《扬州慢》“清角吹寒，都在空城”意境相近。那词前面还说：“自胡马窥江去后；废池乔木，犹厌言兵。”此词虽未明说如此，但其首二句传达的“巷陌凄凉”之感，亦有伤时意味，不惟是客中凄凉而已。紧接一句是倒卷之笔，点出人物，原来他是骑在马上踽踽独行的，同时写其体肤所感。将“寒恻恻”的感觉系于衣单不耐春寒，表面上是记实，其实也有推宕，这种生理反应当更多地来自“清角吹寒”的心理感受。城市的繁荣已成过去，但春天还是照旧来临。下二句写所见，即夹道新绿的杨柳。“鹅黄嫩绿”四字形象地再现出柳色之可爱。“看尽”二字既表明除柳色外更无悦目之景，又是从神情上表现游子内心活动——“都是江南旧相识”。“旧相识”唯杨柳（江南多柳，所以这样说），这是抒写客怀。而“柳色依依”与江左同，又是反衬着“巷陌凄凉，与江左异”，语意十分深沉。于是，作者就从听觉、肤觉、视觉三层写出了“岑寂”之感。

过片以“正岑寂”三字收束上片，包笼下片。当此环境冷清、心情寂寞之际，又逢“寒食”这个偕侣伴踏青遨游的日子，虽是荒凉的“空城”，没有士女郊游的盛况，但客子“未能免俗”，于是想到本地的相好。白石词中提到合肥相好实有姊妹二人，如《解连环》云：“为大乔能拨春风，小乔妙移筝，雁啼秋水。”“乔”姓，字本作“桥”。此词“小桥”即指“小乔”。郑文焯谓“小桥宅”即赤阑桥西客居处，然“携酒”己宅，意实扞格，应指所欢居处无疑。说“强携酒，小桥宅”，是本无意绪而勉强遨游，“携酒”上著“强”字，则醉不成欢可以预知。上数句以“正岑寂”为基调，“又寒食”的“又”字一转，说按节令自该应景为欢；“强”字又一转，说载酒寻欢不过是在凄凉寂寞中强遣客怀而已。再下面"怕梨花落尽成秋色"的"怕"字又一转，说勉强寻春遣怀，仍恐春亦成秋，转添愁绪。合肥之秋如何？作者《凄凉犯》有云："绿杨巷陌秋风起，边城一片离索。"这里是春天，却如何成秋？作者只将李贺"梨花落尽成秋苑"易一字叶韵，又添一"怕"字，意恐无花即是秋，语便委婉。以下三句更将花落春尽的意念化作一幅具体图景，以"燕燕归来，问春何在"二句提唱，以"唯有池塘自碧"景语代答，上呼下应，韵味自足。"自碧"云者，是说池水无情，则反见人之多感。这最后一层将词中空寂之感更写得入木三分。

全词从听角看柳写起，渐入虚拟的情景，从今朝到明朝，从眼中之春到心中之秋，用淡笔渲染"空"、"寒"、"岑寂"等等感受，其惆怅情怀似不涉具体实事，然而，前人曾道"自古逢秋悲寂寥"，作者却写出江淮之间春亦寂寥，并暗示这与江南似相同而又相异，又深忧如此春天恐亦难久。这就使读者感到词情绝非"客怀"二字可以概尽。白石的伤春，实反映出同时代人一种相当普遍的忧惧。故张炎把此词与《扬州慢》等并提，云："不惟清空，且又骚雅，读之使人神观飞越。"(《词源》)而在体现"清空"这一点上，它较《扬州慢》、《凄凉犯》等词更为突出。

（周啸天）

暗香　疏影

辛亥之冬，予载雪诣石湖。止既月，授简索句，且征新声，作此两曲。石湖把玩不已，使工伎肄习之，音节谐婉，乃名之曰《暗香》、《疏影》。

旧时月色，算几番照我，梅边吹笛？唤起玉人，不管清寒与攀

【原文】

摘。何逊而今渐老，都忘却、春风词笔。但怪得、竹外疏花，香冷入瑶席。　　江国，正寂寂。叹寄与路遥，夜雪初积。翠尊易泣，红萼无言耿相忆。长记曾携手处，千树压、西湖寒碧。又片片吹尽也，几时见得？　　　　——暗香

苔枝缀玉，有翠禽小小，枝上同宿。客里相逢，篱角黄昏，无言自倚修竹。昭君不惯胡沙远，但暗忆、江南江北；想佩环、月夜归来，化作此花幽独。　　犹记深宫旧事，那人正睡里，飞近蛾绿。莫似春风，不管盈盈，早与安排金屋。还教一片随波去，又却怨、玉龙哀曲。等恁时、重觅幽香，已入小窗横幅。

——疏影

梅花姿质幽雅，清香可人，不畏残冬的风雪，俏然一枝，把春色带给人间。在我们传统的审美意识中，梅花之美，不仅在于它的形貌，更在于它的精神，它一直被看作是高洁人品的象征。所以，梅花一向是我国诗人、画家所乐于歌咏、描绘的题材，而在我国古代的诗词当中，写梅花的作品更是多得不遑统计。那么，出乎其类、拔乎其萃的又该是哪些篇章？南宋末年的词人张炎在所著《词源》中回答了这个问题，他说：

> 诗之赋梅，惟和靖一联而已，世非无诗，不能与之齐驱耳。词之赋梅，惟姜白石《暗香》、《疏影》二曲，前无古人，后无来者，自立新意，真为绝唱。

所谓“和靖一联”，即宋初诗人林逋《山园小梅》中的“疏影横斜水清浅，暗香浮动月黄昏”两句。林逋隐居在西湖的孤山，以梅为妻，以鹤为子，爱梅至深，故能描摹其意态神情，写出精妙绝伦的诗句。姜夔爱赏其句，遂摘取句

首二字，以之为“自度曲”咏梅词的调名。

姜夔亦爱梅至深，所作咏梅词共有十七首，在《白石道人歌曲》所存一百零八首之中占了六分之一。十七首之中，尤以《暗香》、《疏影》最为精绝，历来被视为姜词的代表作品。

宋词之费人索解而又引人索解者，无过此二篇。历代读者在欣赏它的美妙的词句的同时，不免要追寻它的言外寄托，于是，劝阻范成大归隐、哀叹徽钦二帝北狩、感慨今昔盛衰、怀念合肥旧游等等说法就都出现了。除了明显的误解（如清人张惠言《词选》所云“石湖盖有隐遁之志，故作此二词以沮之。……已尝有用世之志，今老无能，但望之石湖也”）以外，这些说法的是非颇难截然判断，因为作者是不明言他的寄托的，读者的理解各有不同也是完全允许的，不论见仁见智，只要持之有故言之成理，就可以自主一说。求其平稳公允，我们不妨理解得笼统一些，指出这两首咏梅词含有感慨今昔、追怀旧游的意思，但感慨不一定要落实在徽钦北狩宋室南渡上，旧游也不必局限在合肥女子身上，倘若说得太实，反易陷于穿凿。

《暗香》、《疏影》在体制上也颇具特点。作者自述“作此两曲”，从音乐上讲是两支曲子；“授简索句”，从词篇上说却是一个题目，两首词，也可以说是一首。这种特殊体制为姜夔所独创，我们不妨称之为“连环体”，两环相连，似合似分，以其合者观之为一，以其分者观之为二，《暗香》、《疏影》的情况正是这样。

姜夔词多有题序，既是题目，也是序文，记述有关写作背景，对了解原词极有帮助。据题序，知道这两首连环体的词作于南宋光宗绍熙二年辛亥(1191)冬季，当时作者应邀在范成大退休隐居的苏州附近石湖别墅作客。范成大曾官四川制置使、参知政事，仕途极为通达，在诗坛上，声名也甚显赫，晚年因病退居石湖，邀姜夔作客时，年已六十五岁，自是前辈人物，而姜夔，当时年仅三十五六岁，不过是后生才俊，他们主客之间，绝不会有张惠

【鉴赏】

言所主观揣度的那种姜夔自以为老而寄希望于石湖的关系。范成大亦喜爱梅花，买园种梅，并著《梅谱》。姜夔客石湖时，正是以自己的专擅，投主人的雅好，驰骋才华，沥血呕心，创作了这两篇咏梅绝唱的。

姜夔写梅花，首先着笔于烘托环境气氛，创造艺术境界。以“旧时月色”开头，已经勾勒出了时空范围，渲染出了感情基调。回忆旧时，拉开了时间距离；月色在天，撑起了空间境地；眼前的景象勾连着过去的经历，令人摇曳生情。首句有此笔力，故前人评论说，落笔得此四字，“便欲使千古作者皆出其下”（清刘体仁《七颂堂词绎》）。以下几句层层荡开，环环相生：由月色写到“算几番照我”，画出回忆往事时的屈指凝神之态；再写“梅边吹笛”，在月下笛声中点出“梅”字，咏物而不避题面，亦见大手笔，直将“藏题”的技法视为细末，不屑遵循，气度已自不凡；再由笛声“唤起玉人”，以美人映衬梅花，直欲喧宾夺主，却急以“不管清寒与攀摘”收住，化险为夷，仍不离咏梅的本题。至此，一幅立体的，活动的，有人有物，有情有景，有声音有颜色的生活图景、艺术境界，乃展现在读者的面前，且将读者吸引了进去。月色下、笛声中，一位玉人在采摘梅花，此等景象，何其动人！贺铸的一首《浣溪沙》中有“玉人和月摘梅花”之句，意境已自高雅幽美，但与姜白石词相比，仍显单薄。姜词“不管清寒与攀摘”一句内涵相当丰富，至少还蕴藏着两层没有明说的意思：一是“与”人攀摘，既有与人同摘之义，也有摘花以给与别人之义，这就暗中用上了“驿寄梅花”的典故，透露了陆凯的诗句“聊赠一枝春”的一层意思；另一层含义是，玉人之所以“不管清寒”，因为她满怀着炽热的感情，且与外界的“清寒”恰相反衬。玉人的一片深情密意全都倾注在梅花上，梅花的感情负载就格外厚重了。

开头几句写的是回忆中的情景，到“何逊而今渐老”，就回到了现实中来。作者以何逊自比，主要是说自己才力不逮，已经忘却了“春风词笔”，赋不得眼前的梅花。这当是自谦之词。何逊写的那首《扬州法曹梅花盛开》

诗,“兔园标物序,惊时最是梅”云云,实在算不得什么好诗,跟他喜爱梅花,一直挂念着扬州廨舍那株梅树的心情并不相称,可是后来,他从洛阳特意赶回扬州,再访那一树梅花时,却彷徨终日,不能成章,连原先那平庸的诗也写不出来了。何逊虽有爱梅之心,而其才不足以相副,没有做出好诗来。(“春风词笔”是指他的《咏春风》诗“可闻不可见,能重复能轻。镜前飘落粉,琴上响余声”,咏物颇称工细。)姜夔以之自比而表示谦逊不是相当贴切的吗?

“但怪得”以下,又把笔锋转回来,意谓尽管才不副情,见到石湖梅花的清丽幽雅,亦不免引动诗兴,发为词章,以答谢主人的盛情美意。“竹外疏花,香冷入瑶席”,亦苏东坡《和秦太虚梅花》诗“竹外一枝斜更好”之意,是对石湖梅花的具体描绘。以竹枝映衬疏花,写其形貌姿色;以瑶席映衬冷香,写其高洁的品性,着墨不多而形神俱现。

下片再荡开来,接续上文的回忆,把玉人攀摘梅花的描写加以补足。“寄与路遥,夜雪初积”,则言重重阻隔,纵然折得梅花也无从寄达,相思之情,难以为怀,只有耿耿相忆而已。“翠尊易泣,红萼无言”,词采甚美。“翠”与“红”是作者特意选用的艳色,用以与上文的“月”、“玉”、“清”、“瑶”等素洁的字面相“破”,通过对比,取得相得益彰的色彩效果。把翠尊而对红萼,由杯中之酒想到离人之泪,故曰“易泣”;将眼前的梅花看作远方的所思,悄然相对,虽曰“无言”,而思绪之翻腾、默默之诉说又何止万语千言。抒发追忆思念之情,深婉如此。

由“相忆”很自然地接续到“长记”,于是又打开了另一扇回忆的窗子,写到当年携手同游梅林的情景。千树梅花,无尽繁英,映照在寒碧的西湖水面之上。这一片繁梅,亦如邓尉山的“香雪海”,在作者的笔下显得十分壮观,比起上文的“竹外疏花”来,完全是另一番景象,梅枝与梅林,繁简疏密之间的变化都被作者生动地勾画出来了。

最后两句写到梅花的凋落飘零,则是由盛而衰的急剧变化。“又片片吹尽也”，语似平淡而感叹惋惜之情却溢于言表。“几时见得”，应是一语双关之词，梅花落了何时再开？相忆之人分别已久何时再逢？正因为巧妙绾合两重意思，所以显得韵味十分深长。

《疏影》一篇，笔法极为奇特，连续铺排五个典故，用五位女性人物来比喻映衬梅花，从而把梅花人格化、性格化，比起一般的“遗貌取神”的笔法来又高出了一层。

前三句是第一个典故，讲的是赵师雄罗浮山遇仙女的神话故事，见于曾慥《类说》所引《异人录》，略谓：隋开皇年间，赵师雄行经罗浮山，日暮时分，在梅林中遇一美人，与之对酌，又有一绿衣童子笑歌戏舞，“师雄醉寐，但觉风寒相袭，久之东方已白，起视大梅花树上有翠羽剌嘈相顾，月落参横，惆怅而已”。赵师雄所遇到美人就是梅花女神，她的侍童，天亮以后就化为梅树枝头的“翠禽”了。作者用这个典故，入笔很俏，只用“翠禽”略略点出。读者知其所用典故，方知“苔枝缀玉”是描摹罗浮女神的风致情态，“枝上同宿”是叙赵师雄的神仙奇遇。姜夔爱用此典，其《鬲溪梅令》有句云“漫向孤山山下觅盈盈。翠禽啼一春”，即是。这个典故，使得梅花也如罗浮女神一般，在典雅清秀之外又增添了一层迷离惝恍的神秘色彩。

由“同宿”，转向孤独，于是引出第二个典故——诗人杜甫笔下的佳人。杜甫的《佳人》一诗，显然是歌颂高洁人品的，其首尾云：“绝代有佳人，幽居在空谷。……摘花不插鬓，采柏动盈掬。天寒翠袖薄，日暮倚修竹。”这位佳人，是诗人理想中的艺术形象，姜夔用来比喻梅花，以显示它的孤傲高洁的品性，是再贴切不过的了。北宋词人曹组《蓦山溪》咏梅词中，有“竹外一枝斜，想佳人，天寒日暮”的句子，也用了苏诗和杜诗的典故。诗词用典，都要经过作者的重新组合与安排，姜夔在引出佳人这个艺术形象之前，先写了“客里相逢”一句，使作品带上了一种漂泊知遇的风尘情调，又写了“篱角黄昏”一句，虽说这是与梅花非常相称的环境背景，但也透露了一点冷落与迟暮的感叹，这样，佳人的形象就更加丰满了。

王昭君的典故用的笔墨最多，作者的构思，主要是参照杜甫的《咏怀古迹》五首之三，杜诗云：

> 群山万壑赴荆门，生长明妃尚有村。一去紫台连朔漠，独留青冢向黄昏。画图省识春风面，环佩空归月夜魂。千载琵琶作胡语，分明怨恨曲中论。

"一去紫台"句，被姜夔加以发挥，强调昭君"但暗忆江南江北"，用思国怀乡把她的怨恨具体化了；"环佩空归"一句也得到了伸延，说昭君的月夜归魂"化作此花幽独"，化为了幽独的梅花。为昭君的魂灵找到了归宿，这对同情她的遭遇的人们是一种慰藉；同时，把她的哀怨身世赋予梅花，又给梅花的形象增添了血肉。

第四个典故用寿阳公主事。《太平御览》引《杂五行书》云："宋武帝女寿阳公主，人日卧于含章殿檐下，梅花落公主额上，成五出花，拂之不去。皇后留之，看得几时，经三日，洗之乃落。宫女奇其异，竞效之，今'梅花妆'是也。""犹记深宫旧事"一句绾合两个典故，王昭君入宫久不见幸，积悲怨，乃请行，远嫁匈奴，也是"深宫旧事"，"犹记"二字一转，就引出"梅花妆"的故事来了。"那人正睡里，飞近蛾绿"，写出了公主的娇憨之态，也写出了梅花随风飘落时的轻盈的样子。这个典故带来了一股活泼松快的情调，使全词的气氛得到了一点调剂。

最后一个典故是汉武帝"金屋藏娇"事，这是由梅花的飘落引起了惜花的心情，进而联想到护花的措施。"莫似春风，不管盈盈"，直是殷切的呼唤，"早与安排金屋"，更是热切的希望。可是到头来，"还教一片随波去"，花落水流，徒有惜花之心而无护花之力，梅花终于又一次凋谢飘零了。

五个典故，五位女性，包括了历史人物、传奇神怪、文学形象；她们的身

【鉴赏】

份地位各有不同，有神灵、有鬼魂，有富贵、有寒素，有得宠、有失意；在叙述描写上也有繁有简、有侧重有映带，而其间的衔接与转换更是紧密而自然：可见作者驾驭题材的本领是非常高超的。

“却又怨、玉龙哀曲”，可以看作是为梅花吹奏的招魂之曲。马融《长笛赋》：“龙鸣水中不见己，截竹吹之声相似。”故玉龙即玉笛。李白诗云“黄鹤楼中吹玉笛，江城五月落梅花”，这儿所说的“哀曲”亦当是《梅花落》那支曲子。再有，这儿的“玉龙”是与前篇的“梅边吹笛”相呼应的，临近收拍，作者着力使《疏影》的结尾与《暗香》的开头相呼应，显然是为了形成一种回旋之势，以便让他所独创的这种“连环体”在结构上完整起来。

“等恁时，重觅幽香，已入小窗横幅。”《疏影》最后一句的“小窗横幅”应该是与《暗香》的开头一句“旧时月色”相呼应的，那么，“小窗横幅”就不该解释为图画而应该解释为梅影了。意思是说，梅花已落，它的枝影映在窗上，仍然留存着人们的回忆。月色日光映照在纸窗上的竹影梅影，是一种“天然图画”，非常好看。清人郑燮在他的画竹题记里曾对竹影作过十分精彩的描绘，在他以前，还可以找到好多类似的诗句，如庾信《至仁山铭》里的“壁绕藤苗，窗衔竹影”，梅尧臣《宿广文舍下》里的“昨夜宿广文，窗影竹照月”都是。描写梅影的诗词也不少，如陈与义有《水墨梅》诗：“自读西湖处士诗，年年临水看幽姿。晴窗画出横斜影，绝胜前村夜雪时。”周密有《疏影》词，题作“梅影”，有句云：“甚美人、忽到窗前，镜里好春难折。”周密这首词，从调名到题材都是追步姜夔的，如果用他的“美人忽到窗前”来解释“小窗横幅”，恐怕是再合适不过了。

姜夔作《暗香》、《疏影》词，的确是“自立新意”，新在什么地方？在于他完全打破了前人的传统写法，不再是单线的、平面地描摹刻画，而是创造出了多线条、多层次、富有立体感的艺术境界和性灵化、人格化的艺术形象。作者调动众多素材，大量采用典故，有实有虚、有比喻有象征，进行纵横交错的描写;支撑起时间、空间的广阔范围,使过去和现在、此处和彼地能够灵活地、跳跃地进行穿插;以咏物为线索,以抒情为核心,把写景、叙事、说理交织在一起,并且用颜色、声音、动态作渲染描摹:这样,姜夔就为梅花作出了最精彩的传神写照。

(王双启)

惜红衣

吴兴号水晶宫,荷花盛丽。陈简斋云:"今年何以报君恩,一路荷花相送到青墩。"亦可见矣。丁未之夏,予游千岩,数往来红香中,自度此曲,以无射宫歌之。

簟枕邀凉,琴书换日,睡余无力。细洒冰泉,并刀破甘碧。墙头唤酒,谁问讯、城南诗客。岑寂。高柳晚蝉,说西风消息。
虹梁水陌。鱼浪吹香,红衣半狼藉。维舟试望故国。眇天北。可惜渚边沙外,不共美人游历。问甚时同赋,三十六陂秋色。

姜白石词,以深至之情为体,清劲之笔为用。这首《惜红衣》词,颇能见其特色。

白石词多有序,此词亦有序。小序述作词缘起。淳熙十四年丁未(1187),白石依萧德藻寓居吴兴(今浙江湖州)。吴兴水乡,北滨太湖,境内有苕、霅二溪,水清可鉴,屋宇的影子照入,有如水中宫殿,故号水晶宫。但白石感触最深的,还是吴兴荷花之盛丽。故序中特称引陈与义居吴兴青墩镇时写的《虞美人》词句,加以赞美。接着,记述丁未夏天,自己游吴兴之弁山千岩。"数往来红香中"一语,正印证着陈词"一路荷花相送"之句,文情

【鉴赏】

隽美。荷花给予白石之感触极深，白石遂作此词。调名《惜红衣》，取惜荷花凋零之意。乐谱为白石自制，属无射宫调。但此词所寄之深意，序中并未道出。

“簟枕邀凉，琴书换日，睡余无力。”起笔用对偶句打头，开篇便觉笔力精健，气势动人。簟枕指凉席凉枕，下一邀字，尽传暑天取凉之切。琴书指抚琴读书，下一换字，翻出永昼难捱之意。炼字炼句之间，已觉意脉伸展。陆辅之《词旨》，曾举此联为属对之范例。第三句睡余无力，写夏日渴睡，无力二字已暗逗主意，但微而未显。下边二句，笔锋却又宕开。“细洒冰泉，并刀破甘碧。”冰，用以状泉水之清冷。并刀，指快刀，古时并州（治今太原）出产快刀。甘碧，指香甜鲜碧的瓜果。曹丕《与朝歌令吴质书》：“浮甘瓜于清泉。”此二句写夏日瓜果解暑之趣，趣在弄清水洗之，用快刀破之。句法略同清真《少年游》“并刀如水”，“纤手破新橙”。但写出细洒冰泉之趣，及以甘碧之感觉代瓜果之名称，则又见出白石词生新斗硬的特色。体味上下文，言外亦不无一种聊遣寂寞的意味。接着“墙头唤酒，谁问讯、城南诗客”，反用杜甫诗事，直写出自己客居的无限寂寞来。杜甫《夏日李公见访》诗云：“远林暑气薄，公子过我游。贫居类村坞，僻近城南楼。旁舍颇淳朴，所须亦易求。隔屋唤西家，借问有酒不？墙头过浊醪，展席俯长流。清风左右至，客意已惊秋。巢多众鸟斗，叶密鸣蝉稠。苦道此物聒，孰谓吾庐幽。……”“城南诗客”，即借所居“僻近城南楼”的诗人杜甫以自指。纵是如杜甫那样，佳客来访时，邻家有酒可借，一唤即从墙头递来，但自己索居无人过访，也是徒然。言“谁问讯”，可见没有人问讯。下即紧接“岑寂”二字，谓冷清、寂寞。这一短韵，总挽以上所写种种生活细节，点明无一而非孤寂无聊的表现，同时引起以下所写层层哀愁。“高柳晚蝉，说西风消息”，意境也是顺手借自杜诗后面几句，但以情景恰合，故不觉其有所本。高柳晚蝉，声声诉说着时序将变、秋风将至的消息，高迈苍茫的意象，透露着凄然以悲的心事。

“虹梁水陌。鱼浪吹香,红衣半狼藉。”换头以实语写景,便觉笔力不懈。虹梁,状水乡拱桥之美。水陌,绘湖心之堤如画。鱼浪吹香,传“鱼戏莲叶间”之神。二句景象极清美,似可忘忧。第三句红衣半狼藉,却将笔锋硬转,转写荷花半已凋零之凄凉景象,遂接起歇拍西风消息之意脉。邹祇谟《远志斋词衷》称道白石词“有草蛇灰线之妙”,此正其例。以上极写寂寥之感,时序之悲,下边,终于转出此词本意——怀人。“维舟试望故国。眇天北。”维舟即系舟。原来,红衣半狼藉,乃水上所见,故感触亲切如此。舍舟登岸,遥望天北故国,唯渺邈而已。“可惜渚边沙外,不共美人游历。”渚边沙外指水岸。吴兴水乡之美,正如东坡《将之湖州戏赠莘老》诗云:“余杭自是山水窟,仄闻吴兴更清绝。”可惜,此水乡清绝之地,竟不得与故国之美人共同游历。美人在天一涯,渺不可及呵。白石怀人情感深至,于此可见。这正是词之内蕴所在。“问甚时同赋,三十六陂秋色?”“维舟”二句,“可惜”二句,此二句,皆挽合人我双方语,具见深情。唯前二句是眇望,中二句是感喟,此二句却是期待。曰“秋色”,似乎可期,但冠以“问甚时”三字,便觉无期,流露出心头的失落感。别易会难,思之伤心无极。结穴“三十六陂秋色”,极美,亦应细玩。三十六陂,言水乡湖塘之多,也是荷花生长的环境。白石在吴兴另有赋荷花的《念奴娇》词云“三十六陂人未到,水佩风裳无数”,同此运用。王安石《题西太一宫壁》诗:“柳叶鸣蜩绿暗,荷花落日红酣。三十六陂烟水,白头想见江南。”亦联结荷花而言。“秋色”二字连上“三十六陂”,即非泛指,乃是暗点秋荷。南朝梁昭明太子《芙蓉赋》云:“初荣夏芬,晚花秋曜。兴泽陂之徽章,结江南之流调。”可见江南陂塘的秋荷,也是很可爱的。“同赋”即是同赏,赏而有所咏,故云“赋”。结句拈出赏荷,直扣词序,而期于不可捉摸之“甚时”,亦可哀矣!词已毕而情未了,正如刘熙载所谓:“幽韵冷香,令人挹之无尽。”(《艺概·词曲概》)

【鉴赏】

此词所怀之人指谁？已难确考。可能是指一位挚友，但更可能是指合肥女子。词中，“维舟试望故国。眇天北”，可证。按白石为饶州鄱阳（今江西波阳）人，幼随父宦久居汉阳（今属湖北武汉）。鄱阳、汉阳，俱在吴兴之西方，不得曰望故国眇天北。从吴兴遥望天北，实瞩目于江淮之地。当白石二三十岁时，客游江淮间，曾与合肥女子结下终身不解的深情。此情无法如愿以偿，成为白石一生之悲剧。白石词集中怀念合肥女子之作，极多，极好（详夏承焘《合肥词事》）。白石若以合肥为故国，应在情理之中，犹今言第二故乡。无论所怀之人为谁，此词至深之情，都是能感动人心的。

此词艺术造诣颇能见出白石特色。首先，是结构意脉之曲折精微。上片前三韵共七句，刻绘种种生活细节，似乎与怀人无关，但层层暗透寂寞之感，却正是怀人之苦的铺垫与衬托。歇拍与换头三韵共六句，描写时序变迁消息，则是暗示离别已久之感，别易会难之悲，意脉已更为逼近怀人之本意。但仍未点明此意。直至最后四韵六句，才一气倾注出望远怀人相思期盼之苦。末句叹何时能同赏荷花，与词序所述自己“数往来红香中”遥遥映射，有照应，有发展。纵观全幅，结构曲折而意脉精微，层次井然而潜气内转。尤其千回百折于现境之内，显然有异于清真词时空错综之结构，可谓白战不许持寸铁，确实表现出白石自己的特色。其次，是风格之清新刚劲。这要从两个角度分论。论其笔法，有清疏空灵之美，如宕开笔墨去写生活细节、时序景物；“墙头唤酒”以下五句，运用杜诗，有正有反，不粘不脱，称意惬心，语同己出。又有刚劲峭拔之美，如从暑日夏景硬转至西风消息，从虹梁、水陌、鱼浪之美景硬转至荷花红衣狼藉之凄景。论其字面句构，亦有生新精健之美。如邀凉、换日、吹香、眇天北等，无不精健有力。而且全篇辞无虚设，笔无稍懈。（白石词几乎篇篇无败笔，这只有清真词可与抗手。）这样独特的笔法与字句整合，遂产生清刚之风格。第三，是声情与词情妙合一体。宋代精于音律的词人，前有清真，后有白石。此词是白石创调，其声律极具匠心。全词用入声韵，其声激越。不协韵的句脚字，又异乎寻常的多安排仄声而少用平声。仄声高亢，与入声韵相联缀，遂构成一部激越的乐章。这对于表现深至高迈的怀人之情，不仅适得其宜，而且增添效果。尤其下片后六句为怀人重点段，前二句叠下韵脚，声情愈急密。后四句连用两个去声字作句脚，声情愈高亢。声情与词情，同时推向高潮。于此亦足见白石词艺之精。

（邓小军）

角　招

甲寅春，予与俞商卿燕游西湖，观梅于孤山之西村，玉雪照映，吹香薄人。已而商卿归吴兴，予独来，则山横春烟，新柳被水，游人容与飞花中，怅然有怀，作此寄之。商卿善歌声，稍以儒雅缘饰；予每自度曲，吟洞箫，商卿辄歌而和之，极有山林缥缈之思。今予离忧，商卿一行作吏，殆无复此乐矣。

为春瘦，何堪更、绕西湖尽是垂柳。自看烟外岫，记得与君，湖上携手。君归未久，早乱落香红千亩。一叶凌波缥缈，过三十六离宫，遣游人回首。　　犹有，画船障袖，青楼倚扇，相映人争秀。翠翘光欲溜，爱著宫黄，而今时候。伤春似旧，荡一点、春心如酒。写入吴丝自奏。问谁识、曲中心，花前友。

甲寅是宋光宗绍熙五年（1194）。俞商卿，俞灏字商卿，姜夔的朋友，世居杭州。绍熙五年春天，作者至杭州，曾与俞灏共赏孤山西村（又名西泠

【鉴赏】

桥)的梅花,不久俞灏归吴兴(今浙江湖州),作者独游孤山,对景怀人,写了这首词,表达对友人的深情忆念。

开端点明时地,在叙事中借景抒情。美好的春光能给人带来欢乐,但也容易触动离人的愁思,萦损柔肠,使人消瘦,古代诗词中写伤春这个内容的非常多。但作者是写离愁,因而在取景时,着眼点是西湖垂柳。古代有折柳赠别的习俗,看到垂柳,极易触发离愁。开端擒题,"何堪"一词,用在"春瘦"与"垂柳"之间,使意思递进一层。为什么西湖垂柳能这样撩拨人的愁思?因为那是与友人"湖上携手"之处。烟外峰峦,虽别具风姿,然而如今"自看"独游,就不能不缅怀昔日的"湖上携手"。由"湖上携手"接着想到对方"归后"的萧瑟风情,于是集中笔力来加以烘染刻画。"早乱落香红千亩",是写花兼点时序。香红,指红梅。商卿离去,独来西湖,时已暮春,那"玉雪照映,吹香薄人"的千亩红梅,如今早已凋败零落,怎能不令人低回伤神呢?既然红梅已不复存在,那旧游的踪迹又在何处?"一叶凌波缥缈,过三十六离宫,遣游人回首。"是写游船兼写情思。乘上轻舟,荡漾于烟波之中,那鳞次栉比的离宫别殿又怎能不让人频频地回首眺望不止呢?离宫,皇帝临时住的行宫,此指南宋都城临安(今杭州)的宫殿。南宋偏安江左,故称临安为行都,临安之宫殿为离宫。三十六离宫,言宫殿之多。以上叙事,写作者独游西湖,即景生情,引起对友人的深切思念。

下片拓展思路,仍紧扣西湖景物,以婉媚密丽之笔,写他人之乐,进行反衬。"犹有"紧承上片,词意断而仍续。青楼,歌妓的住处。古代显贵之家亦称青楼,梁刘邈《万山见采桑人》诗:"倡女不胜愁,结束下青楼。"后专指妓院。翠翘,翡翠鸟尾上的长毛曰"翘",美人首饰似之,故曰翠翘。宫黄,古代宫女用来涂额的黄粉,民间妇女亦多效之,又称额黄,是唐宋时一种很时髦的化妆。词人驾一叶扁舟,于落花缤纷中从水上缥缈而过,闪现在眼前的,是那精美的画船上,美女举袖障面;两岸的歌馆里,佳人持扇伫立。她们面容上涂着时兴的宫黄，名贵的头饰闪烁着光彩。这些美女歌娃争艳比美，嬉游如故。而自己呢？友人已经远去，无人可与共赏良辰佳景，仿佛欢乐只是属于他人！如今，充溢着词人整个心灵的，只有如同往常一样的无限的春愁，而这伤春的意绪犹如酒一般的浓烈，在词人心怀中荡漾起伏。要把它谱入丝弦自己聆赏吧，可又有谁能够理解这伤春怀友的情思呢？据词序中所言，俞灏风度儒雅，善音乐，每有山林隐居之想，堪称江湖文人白石的知音。“今予离忧，商卿一行作吏，殆无复此乐矣。”语极沉痛。“一行作吏”，即“一经作吏”，指俞灏出仕做了小官。嵇康《与山巨源绝交书》：“游山泽，观鱼鸟，心甚乐之。一行作吏，此事便废。”姜夔语意本此。因而，此词煞拍几句所表达的感情，就不仅是一般的怀友之情，它实在是说，知音已入仕途，相伴共享山林、琴曲之乐恐不可复得，难怪他“伤春似旧”，纵“写入吴丝自奏”，也怕无人理解他此时的心境了！陈郁《藏一话腴》谓白石“襟怀洒落，如晋、宋间人。意到语工，不期于高远而自高远”，于此可见。

本篇词紧紧扣住西湖景物，即地兴感，借落花烘染，用青楼反衬，然后归结到“吴丝自奏”，同上文“湖上携手”在照应中进行对比，尾句以“问谁识”提醒全篇，余韵悠然。在思路上，上片由眼前追怀往昔，再折转到当今；下片由旁写转入正写，由外景收束到内在心灵。全词几经转折，逐步递进地写出了对友人的真挚怀念，也于抑郁中隐隐透露出词人那清超潇散的情怀。

（刘乃昌　崔海正）

凄凉犯

合肥巷陌皆种柳，秋风夕起骚骚然；予客居阖户，时闻马嘶，出城四顾，则荒烟野草，不胜凄黯，乃著此解；琴有《凄凉调》，假以为名。凡曲言

【原文】

犯者，谓以宫犯商、商犯宫之类，如道调宫'上'字住，双调亦'上'字住，所住字同，故道调曲中犯双调，或于双调曲中犯道调，其他准此。唐人乐书云：'犯有正、旁、偏、侧；宫犯宫为正，宫犯商为旁，宫犯角为偏，宫犯羽为侧。'此说非也。十二宫所住字各不同，不容相犯；十二宫特可犯商、角、羽耳。予归行都，以此曲示国工田正德，使以哑觱栗吹之，其韵极美。亦曰《瑞鹤仙影》。

绿杨巷陌秋风起，边城一片离索。马嘶渐远，人归甚处，戍楼吹角。情怀正恶，更衰草寒烟淡薄。似当时、将军部曲，迤逦度沙漠。　　追念西湖上，小舫携歌，晚花行乐。旧游在否？想如今、翠凋红落。漫写羊裙，等新雁来时系著。怕匆匆、不肯寄与误后约。

此词大约是光宗绍熙元年(1190)作者客居合肥(今属安徽)时的作品。词序交代了写作缘起，并论述了关于"犯调"的问题，从词序中可以看出，作者当时确实感触很深，"情动于中而形于言"。

上片描写边城合肥的荒凉景象和自己触景而生的凄苦情怀。南宋时，淮南已是极边，作为该地重镇的合肥，迭经兵燹，失去了昔日的繁华。发端两句，概括写出合肥城的萧条冷落。"合肥巷陌皆种柳"，词人将"绿杨巷陌"置于"秋风""边城"的广阔背景中，就更容易突现那"一片离索"。宋王之道《出合肥北门二首》描绘南宋初年合肥附近的残破景象是"断垣甃石新修垒，折戟埋沙旧战场。阛阓凋零煨烬里，春风生草没牛羊"。南宋百余年间淮南一带的残破荒凉景状于此可见。"一片离索"全属写实。然而，这两句还只是粗线条的勾勒，向读者展示的意象毕竟并不具体。犹如一幅大型油画，人们首先看到的是画面的总体轮廓：萧索的边城街巷中，一片杨柳在秋风中颤抖;及至逼近观察,读者仿佛进入了画境,见到军马嘶鸣,行人匆匆,戍楼孤耸。“马嘶”、“吹角”诉诸听觉,旅人、“戍楼”诉诸视觉;这些意象,或处于运动之中,或呈现为静态,在肃杀的秋风中交织成一幅画面,调动起读者各种不同的感官,使之充分感受到边城兵后那种特有的凄凉气氛。接着,作者抛开对客观景物的描绘,将自己此时的心情用“情怀正恶”四字略略一点,沟通了与读者的联系,随即又在上述这幅画面上抹上“衰草寒烟”的浓重一笔,再着一“更”字,寓情思于景语中,于是,画面便在景情交炼的高度上融为一体了。至此意犹未足,歇拍二句再反实入虚,借助带有某种特殊格调的比喻,传写自己身临此境时的感觉、印象:行经这座曾经繁华一时的名城,就好像当年随将军出塞的部卒,在荒无人迹的沙漠上曲折地行进,所感受到的是四处萧条,一派荒凉,让人难以忍受的无边无际的寂寞。部曲,此泛指军队。迤逦,曲折连绵貌。这个复杂而奇特的比喻,为暗淡的画面注入了一定的时代特色,它启发当时的读者不期然而然地回忆起靖康之变以来的种种往事,不禁为家国身世而伤怀痛心。因而,这句比喻性联想所触发的沧桑之感,也就进一步深化了画面的意境。

换头由“追念”二字引入回忆,思绪折转到往昔,带起整个下片。西湖,指杭州西湖。携歌,带着歌女出游。碧水红荷,画船笙歌,往日西湖游乐的美好生活,令作者难以忘怀。淳熙十四、十五年间,姜夔曾客居杭州,他在当时所写的一首《念奴娇》词中,曾以俊丽的笔调,倾吐过对于西湖荷花的深情:“日暮青盖亭亭,情人不见,争忍凌波去。只恐舞衣寒易落,愁入西风南浦。”如今,无情的秋风已把南浦变成一片萧索,西湖荷花那迷人的冷香可能也随着“水佩风裳”的零落凋败而消逝了吧?“旧游在否”一问,将词意稍稍振起,调节一下叙述的节奏。“想如今”句以揣度的语气写西湖荷花的凋落。前一句写人,后一句咏荷,而于咏荷中也暗寓着抚今追昔、人事已非的感慨。这两句与换头三句所描绘的画面形成一个对比,在时间上则是一个过渡，即由追念折回到眼前。如果说换头三句是通过对西湖的优美风光及游乐生活的刻绘，反衬了淮南的冷落，或者说是由于边城的萧索破败及作者处境之凄凉才引起了对往昔美好生活的回忆，则此二句对于西湖衰飒秋景的描写，乃是由于作者置身于淮南的现实环境，受到周围物象的触发，因“情怀正恶”而对西湖景物进行联想的结果，时空的交叉在这里得到了和谐的统一。作者愈是感到眼前环境的凄黯，对西湖旧游的怀念之情就愈加强烈。于是，以下几句，作者索性放笔直抒这种不能自已的感情。“漫写羊裙”，用王献之书羊欣白练裙的故事。《南史·羊欣传》载，南朝宋人羊欣，年少时即工于书法，很受王献之的钟爱，羊欣夏天穿新绢裙（古代男子也着裙）昼寝，王献之在他的新裙上挥笔题字，羊欣看到王献之的墨迹，把裙子珍藏起来。这里“羊裙”代指准备赠与伊人的字幅墨迹。作者想象着：要把表达他此刻心情的字幅信笺系到雁足上，让他捎给心中人。一般的作者，也许觉得到此已把意思写尽，没有必要再写下去了。但是，姜夔却把鸿雁传书这个人们熟知的故事再翻进一层：只怕大雁行色匆匆，不肯替我带信，因而耽误了日后相见的期约。所以，“羊裙”只是空写，怀友之情也就始终无法开解，这就使读者对词人的寂寞处境和悲伤情怀更加同情，产生了感情上的共鸣。

此词上片描写淮南边城的一派荒凉，下片在对昔日游冶生活的怀念中隐隐透露出麦秀黍离之悲。前后片相互映照，在意念上密切联系，从而增强了艺术感染力量。

这也是姜夔的一首自度曲。序中所说的“犯”调，就是使宫调相犯以增加乐曲的变化，类似西乐的转调。所谓“住字”，即“杀声”，指一曲中结尾之音。《凄凉犯》这个词调，是仙吕调犯商调，两调住字相同，故可相犯。关于它的声情，正像龙榆生所说：“在整个上片中没有一个平收的句子，把喷薄的语气，运用逼仄短促的入声韵尽情发泄。后片虽然用了两个平收的句子,把紧促的情感调节一下;到结尾再用一连七仄的拗句,显示生硬峭拔的情调。"(《词曲概论》)姜夔在行都(杭州)令国工吹奏此曲,谓"其韵极美",这不是偶然的。曲调与词情契合,具有一种独特的音乐美,体现了姜夔高度的音乐修养。

(刘乃昌　崔海正)

翠楼吟

淳熙丙午冬,武昌安远楼成,与刘去非诸友落之,度曲见志。予去武昌十年,故人有泊舟鹦鹉洲者,闻小姬歌此词,问之,颇能道其事,还吴为余言之;兴怀昔游,且伤今之离索也。

月冷龙沙,尘清虎落,今年汉酺初赐。新翻胡部曲,听毡幕元戎歌吹。层楼高峙。看槛曲萦红,檐牙飞翠。人姝丽,粉香吹下,夜寒风细。　　此地,宜有词仙,拥素云黄鹤,与君游戏。玉梯凝望久,叹芳草萋萋千里。天涯情味。仗酒祓清愁,花销英气。西山外,晚来还卷,一帘秋霁。

淳熙十三年丙午(1186)秋天,姜夔在汉阳府汉川县其姊家居住。入冬,武昌黄鹤山上新建成安远楼一座,词人偕友人刘去非(事迹不详)等前往参加落成典礼,自度此曲以纪其事。十年后,姜夔的朋友在汉阳江边还听到年轻歌女演唱这首词,并能道出作词的本事。姜夔从朋友处得知这种情况,很有感触,便补写了词序。

【鉴赏】

此词为新楼落成而作，前五句就“安远”字面着想，虚构了一番境界，也客观地显示了起楼的时代背景。“龙沙”语出《后汉书·班超传赞》“坦步葱岭，咫尺龙沙”，后世用来泛指塞外，这里则指金邦。“虎落”为护城笆篱。宋当南渡时，武昌系对金人战守要地，和议达成，形势安定下来，遂出现了“月冷龙沙，尘清虎落”的和平局面，这便是“安远”的意指了。汉制禁民聚饮，有庆典时则例外，称为“赐酺”。“今年汉酺初赐”是借古典以言近事。据《宋史·孝宗纪》，这年正月为高宗八十大寿，犒赐内外诸军共一百六十万缗，军中载歌载舞，一片欢乐景象。故接云：“新翻胡部曲，听毡幕元戎歌吹。”胡部本是唐代西凉地方乐曲。《新唐书·礼乐志》：“开元二十四年，升胡部于堂上。……后又诏道调、法曲与胡部新声合作。”由此边地胡曲进入殿堂。又据《新唐书·南蛮·骠国传》：“胡部，有筝、大小箜篌、五弦、琵琶、笙、横笛、短笛、拍板，皆八；大小觱篥，皆四。工七十二人，分四列，属舞筵之隅，以导歌咏。”它在盛唐时本是“新声”，今又“新翻”之，用此盛大乐队以为帅府中歌舞伴奏，颇具气象。以边地之曲归为我用，亦寓“安远”之意。

以下正面写楼的景观。“层楼高峙”是总咏楼的整体形势，然后以两句作细部刻画，从局部反映建筑的壮丽：红漆栏杆曲折环绕，琉璃檐牙向外伸张。“槛曲萦红，檐牙飞翠”二句，铸词极工，状物准确生动，特别是“萦红飞翠”的造语，能使人产生形色相乱、目迷心醉的感觉。紧接“人姝丽”三句，又照应前文“歌吹”，写楼中宴会之盛。“粉香吹下，夜寒风细。”夜寒点出冬令，风细则粉香可传，歌吹可闻。全是一派温馨承平的气象。

“此地”便是黄鹤山，其西北矶头为著名的黄鹤楼所在，传说仙人子安曾乘鹤路过。所以过片就说：这样的形胜之地，应有秉五彩笔而咳唾珠玑的“词仙”乘白云黄鹤来题词庆贺，与人同乐。仙人乘鹤是本地故事，而“词仙”之说则是就楼成盛典而加以创用。“拥”字较“乘”为虚，“君”乃泛指，均见笔致灵活。说“宜有”并非真有，不免有些遗憾。其实通观词的下片，多化用崔颢《黄鹤楼》诗意，进而写登楼有感。大抵词人感情很复杂，“安远楼”的落成并不能引起一种生逢盛世之欢，反而使他产生了空虚与寂寞的感受。“玉梯凝望久”，他在想什么？“叹芳草萋萋千里”翻用崔诗“芳草萋萋鹦鹉洲”。“天涯情味”，正是崔诗“日暮乡关何处是，烟波江上使人愁”的况味。这是客愁。“仗酒祓清愁，花销英气。”靠流连杯酒与光景消磨志气，排遣闲愁。这是岁月虚掷之恨。这和“安远”有什么关系呢？关系似乎若有若无。或许“安远”的字面能使人产生返还家乡、施展抱负等等想法，而实际情况却相去很远吧。于是词人干脆来个不了了之，以景结情：“西山外，晚来还卷，一帘秋霁。”仍归到和平的景象，那一片雨后晴朗的暮色，似乎暗寓着一个好的希望。但应指出，这三句乃从王勃《滕王阁诗》“朱帘暮卷西山雨”化出，仍然流露出一种冷清索寞之感。

总之，这首词虽为庆贺安远楼落成而作，力图在“安远”二字上做出一篇喜庆的“文章”；但自觉不自觉地打入作者身世飘零之感，流露出表面承平而实趋衰飒的时代气氛。这就使词的意味显得特别深厚。

（周啸天）

清波引

予久客古沔，沧浪之烟雨，鹦鹉之草树，头陀、黄鹤之伟观，郎官、大别之幽处，无一日不在心目间。胜友二三，极意吟赏。朅来湘浦，岁晚凄然，步绕园梅，摛笔以赋。

冷云迷浦，倩谁唤、玉妃起舞。岁华如许，野梅弄眉妩。屐齿印苍藓，渐为寻花来去。自随秋雁南来，望江国、渺何处。

【原文】

新诗漫与，好风景长是暗度。故人知否？抱幽恨难语。何时共渔艇，莫负沧浪烟雨。况有清夜啼猿，怨人良苦。

这是一首缅怀旧日经历的怀旧之作。古沔，即今湖北汉阳。白石之父曾在汉阳为知县，白石少年时曾在此度过一段漫长的时光。白石另有一首《探春慢》词，其序曰："予自孩幼从先人宦于古沔，女须因嫁焉。中去复来几二十年，岂惟姊弟之爱，沔之父老儿女子亦莫不予爱也。"从中很可以看出白石与古沔的渊源及感情。白石本为江西人，留居古沔，故称"客"。序文中所提及之沧浪，即指汉水。其余鹦鹉（洲）、头陀（寺）、黄鹤（楼）、郎官（湖）、大别（山，山有寺）云云，皆为附近的名胜。夏承焘《姜白石词编年笺校》将此词系于宋淳熙十三年（1186）下，白石时正客于湘中。

"冷云迷浦，倩谁唤、玉妃起舞。"冷云迷浦，四字正扣序中"岁晚凄然"之意。玉妃，虽非专指名词，但因序中有"步绕园梅"之语，故亦不难明了其是指梅花。刘熙载曾说白石词是"幽韵冷香"（《艺概》），这体现在形式上，就是白石常常喜欢用"冷"、"翠"、"压"这类能体现出静态感受的字眼。观诸首句，白石不但接连嵌入"冷"、"玉"等字眼，更在中间着一"迷"字，这就将眼前的江景梅花渲染得更加如梦如幻了。

"岁华如许，野梅弄眉妩。"既然上句是以人代梅，那么下句就不妨在拟人的路径上再推进一步，继续用传情弄眼的字面意义来造成人与物的双关。眉妩，又作眉憮，本谓眉样妩媚可爱，此但概指眉目而言。《册府元龟·总录部·佻薄》："汉张敞为京兆尹，无威仪，……又为妇画眉，长安中传张京兆尹眉妩。"观其所言，"眉妩"亦侧重在眉样的名词意而已，非在"妩"字。

"屐齿印苍藓，渐为寻花来去。"刘熙载又曾评白石词"拟诸形容，在乐则琴,在花则梅"(《艺概》)。观此句,白石又何止是词如梅花而已,其本人亦正是不折不扣的爱梅之人。"屐齿印苍藓",只因爱花,故在花下徘徊不去,又因孤独,故能细数屐痕。至此,下文所言之情绪已呼之欲出。"自随秋雁南来,望江国、渺何处。"正因眼下的孤独无友,故遥想当日的畅聚欢愉。想当日"胜友二三,极意吟赏",到如今只落得形单影孤,纵有佳词丽句,却不知与谁分享。

"新诗漫与,好风景长是暗度。"词之换片之时,常常是词意转折之际。白石此词,却偏不用此法。此句直承上片所思所念而来,声情断而辞情不断。漫与,犹言随便应付。只因无友,故诗句只求遣情,而不严求工整。这其中不知有多少良辰佳景,未被诗笔所捕捉,就这样不知不觉地白白流过了,这,不能不说是一种遗憾。

"故人知否?抱幽恨难语。"正因思切,故有此一问。"何时共渔艇,莫负沧浪烟雨。"正因孤独寂寞,故有此一想。"何时"句承上句承得甚急,显出心中向往的强烈与急迫。然倘若让情绪过于急迫而至于焦躁,则又未免有失士人风度,故诗人又于下句荡开一笔。"况有清夜啼猿,怨人良苦。"一个况字,将诗意又从遥想的将来拉回到了现在。词的节奏在此一缓,却生出一种别样的跌宕之美。此写眼前境况,却欲友人能遥知遥解,又是章法上的一种回环。

词至南宋,表现方法愈加多样。其表现之一,就是词的章法变得愈来愈繁富。白石既作小令,亦作长调,然读其小令,总觉不如其长调。盖因白石所长,乃在铺叙布置。其所作长调,譬如本词,往往节节相生,句句相承,回环曲折,句琢字炼,而一归于醇雅,可谓尽得宋词章法之妙。至其小令,因篇章限制,则往往不能尽施拳脚,故虽亦有清峻之美,却难有如此词般余韵曲包之味。而词序之运用,至白石亦一变。白石词序,非如他人,仅是交代写作缘起。其词序往往清丽妙洁,形如美文,常常与本词词意互生,尽得互文之妙。本词之序，和前人相比，篇幅已大大增加，这部分地显现出白石词的新变，但其却非白石词序中最佳、最典型者。欲体会白石词序运用的高妙，还需结合其他作品来看。

（刘竞飞）

湘　月

长溪①杨声伯典长沙楫棹②，居濒湘江，窗间所见，如燕公③、郭熙④画图，卧起幽适。丙午七月既望，声伯约予与赵景鲁、景望、萧和父、裕父、时父、恭父，大舟浮湘，放乎中流，山水空寒，烟月交映，凄然其为秋也。坐客皆小冠练服，或弹琴，或浩歌，或自酌，或援笔搜句。予度此曲，即念奴娇之鬲指声也，于双调中吹之。鬲指亦谓之“过腔”，见晁无咎集⑤。凡能吹竹者，便能过腔也。

五湖旧约，问经年底事，长负清景？暝入西山，渐唤我，一叶夷犹⑥乘兴。倦网都收，归禽时度，月上汀洲冷。中流容与⑦，画桡不点清镜。　谁解唤起湘灵，烟鬟雾鬟，理哀弦鸿阵。玉麈谈玄⑧，叹坐客、多少风流名胜。暗柳萧萧，飞星冉冉，夜久知秋信。鲈鱼应好，旧家乐事谁省⑨。

〔注〕 ① 长溪：古县名，在今福建霞浦县南。 ② 指主管长沙地区水面船舶的官职。 ③ 燕公：似指燕肃。肃益都（今山东寿光）人，北宋著名画家，以画山水寒林见长。 ④ 郭熙：五代北宋间人，工画山水，气势雄健。 ⑤ 晁补之《琴趣外篇·消息》调名下注云：“自过腔，即越调《永遇乐》。” ⑥ 夷犹：此处作“从容”解。 ⑦ 容与：悠闲自得貌。 ⑧ 据《世说新

语·容止》载，晋大臣王衍“妙于谈玄，恒捉白玉麈尾，与手都无分别”。⑨ 晋人张翰在洛任职，一日“见秋风起，因思吴中菰菜、莼羹、鲈鱼脍……遂命驾便归”。事见《世说新语·识鉴》。

《湘月》写月夜泛舟湘江的所见所感，词题即词牌，这是自度曲的一个表征。词序说：“予度此曲，即念奴娇鬲指声也，于双调中吹之。”鬲指又叫过腔，即今之所谓“转调”。

词作于丙午年，即南宋孝宗淳熙十三年(1186)，当时姜夔约三十二三岁，寄居妻族萧家。这年的七月十六日，溽暑方消，月色正好，在长沙任职的长溪人杨声伯邀请他与赵氏、萧氏弟兄一同乘舟游览湘江。兴之所至，笔墨随之，于是，月夜湘江的迷人景色就被生动地展示出来。

上片用一问句开头。到太湖览胜，早有所约，却一直未能实践，是什么给耽误了呢？词人为自己长年奔波劳碌，无暇亲近山川胜景而感到悔恨，反衬出这次出游的难能可贵，因而兴致勃勃。接着融情入景，写出游经过和江上风物。夕阳西下，暮色苍茫，游伴们相互招呼着坐上一艘大船，乘兴打桨，从从容容向江心驶去。此时，劳碌了一天的渔民都收网回家歇息去了，只有归鸟不时掠过水面。待到月亮升起来，便什么动静也没有了。岸边的沙汀和江心的小洲在烟月辉映下静静地躺着，显得格外幽冷。船到中流，但见四周水平如镜，一片空明，真是美极静极。大家情不自禁地停止划桨，让船儿慢悠悠地随水漂行，唯恐损坏这美的画面和静的氛围。“画桡不点清镜”一句，以虚写实，情景相生，成功地勾画出那种特有的环境和心境。

下片从想象入手。换头三句应词序中的“或弹琴”。从湘江上响起的琴音联想到湘灵鼓瑟的古老传说，于是驰骋想象：是谁唤起那“烟鬟雾鬟”的湘灵，在这里理弦奏曲？“鸿阵”即雁行。筝弦下有承弦之柱，斜列如雁字，可左右移动以调节音高，这就是“理哀弦鸿阵”。作者《解连环》词“小乔妙移筝，雁啼秋水”，即此。琴、瑟、筝，同是弦乐器，湘灵亦出于想象，故无妨活用，令其弹筝了。下边收回现境，说座中游客都是当今的风流名士，也是大可令人赞叹的赏心乐事，坐客们挥动着玉柄的麈尾拂尘或清谈妙论，“或弹琴，或浩歌，或自酌，或援笔搜句”，这是多么美好的一场雅集呵！下边由近而远，把笔触再伸向自然界。夜已渐深，岸边的柳树丛被凉风吹得瑟瑟作响，遥挂在蓝天上的星星曳着长长的尾巴向下坠落。这秋的信息最易引发人怀念故土的情思。结尾说自己也像晋代的张翰那样见秋风起而思吴中鲈鱼之美一样，深深地怀念着“旧家乐事”。隐隐约约透露出怀旧情思。

这首词通篇记游写景，像是一幅长长的画图。画图上的景物，不论是山是水，是鸟是树，是月是星，是游船还是渔网，都在摇曳着融成一片，笼罩在清冷的辉光里，显得淡雅而又有些朦胧，结尾处的怀旧情思尤为朦胧。王国维说姜夔写景的作品“虽格调高绝，然如雾里看花，终隔一层”（《人间词话》）。其实，雾里看花，别有风致，未必就比“不隔”逊色。就构造意境的功能来说，它似乎高明得多。因为诗词作品纯然为写景而写景的极为罕见，它们大都缘情而发，或触物起兴，或借景抒怀。这样，出现在作品中的“景”就不再是纯自然的东西，而带有浓厚的主观因素，被情的“烟云”所缭绕。借用《谈龙录》里的话来说，它已由首尾爪角鳞鬣毕具的常龙化作屈伸变化无穷的“神龙”。神龙穿行云中，忽隐忽现，故而显得兴象玲珑。写景的诗词只有达到了这般境界，才可能有超然于畦封之外的高情远志。这首词含蕴深厚，读后有悠悠不尽之感，原因盖在于此。词中所描摹的清幽景色，和词人幽远的情怀相表里，相契合，恰如覆盖其上的朦胧月色，使之摇曳变幻，风姿别具，从而构成迷离浑化、耐人寻味、使人流连的美妙境界。

（朱世英）

永遇乐

次韵辛克清先生

我与先生，夙期已久。人间无此。不学杨郎，南山种豆，十一征微利。云霄直上，诸公衮衮，乃作道边苦李。五千言、老来受用，肯教造物儿戏？　　东冈记得，同来胥宇，岁月几何难计。柳老悲桓，松高对阮，未办为邻地。长干白下，青楼朱阁，往往梦中槐蚁。却不如、洼尊放满，老夫未醉。

白石诗《奉别沔鄂亲友》云："诗人辛国士，句法似阿驹。别墅沧浪曲，绿阴禽鸟呼。颇参金粟眼，渐造文字无。……"自注："辛泌，克清。"可知这是一位品德高洁的文人。词首三句叙友谊。以下入辛先生的志行。"杨郎"句用杨恽《报孙会宗书》语："田彼南山，芜秽不治，种一顷豆，落而为萁。"又云："幸有余禄，方籴贱贩贵，逐什一之利。"这三句说辛克清不逐（征，有求的意思）利。下三句说辛也不邀名。"诸公衮衮"是主语，"云霄直上"是谓句。杜甫《醉歌行》赠郑广文云："诸公衮衮登台省，广文先生官独冷。"正用其语。"乃作道边苦李"，用王戎幼与群儿嬉，不折道边李，以为必苦李事。见《世说新语・雅量》。东坡《次韵王定国南迁回见寄》："我愿得全如苦李。"词意正是这样。"五千言"二句是说辛克清有得于道家的哲学。不肯让"造物"（客观的辩证法）戏弄自己。就是说，不求名利，也就无所损辱。

下片说平生志欲结邻，多少年前曾同到东冈去相宅（"胥宇"字出《诗

【鉴赏】

经·大雅·緜》),准备他年结邻。哪知相宅之处,柳已老啦,松已高啦。卜邻的地还是无力到手!这六句一气贯下。第三句插入一顿,便不伤直致。柳老松高,接上"岁月"无迹。"悲桓":《世说新语·言语》说桓温见昔年种柳,皆已十围。叹曰:"木犹如此,人何以堪!""对阮":用杜甫《绝句四首》之一:"梅熟喜同朱老吃,松高拟对阮生论。"连用可谓悲而雅。那么,两人对十丈软红尘中的生活呢?长干白下,俱在金陵,青楼朱阁,美人所居。这种豪华适意的生活,在两人看来,不过像南柯一梦(槐蚁,用《南柯太守传》)。结尾说,不如听任窊尊中的酒斟得满满的吧,因为老夫还没喝醉哩。窪(窊)尊,元结为道州刺史时,发见东湖小山上石多窪下,可作无数酒樽。于是建亭其上,作《窊尊铭》。又有《窊尊诗》。结句说:"此尊可常满,谁是陶渊明!"

这首词的风味在白石词中是独特的。可以说它朴老,也可以说是朴老放逸。朴老是基调。这可以看做是白石的功底。词论家公认白石是先专学山谷,后来由江西诗派引入晚唐,主要是学陆龟蒙。于是转以这支妙笔写词,词遂独具一格,影响词坛近一千年。他的底子只是个朴老。能朴老便可以弃绝纤巧轻奇,便可以写人之所不能写,不写人之所能写。元遗山论江西诗派说:"古雅谁将子美亲?精纯全失义山真。论诗宁下涪翁拜,不作江西社里人。"白石之所以可上接杜陵,只看他的朴老的风致,自是少陵亲血脉。宋翔凤便说过:"词中之有姜白石,犹诗中之有杜少陵。继往开来,文中关键。其流落江湖不忘君国,皆寄托比兴,于长短句寄之。"(《乐府余论》)但白石的性情让他自己的词变为清空超妙一路。他是在朴老放逸的基础上深思积学,自证妙境的。我看这和杨万里、范成大的影响有关系。有人说白石从辛弃疾来,细看转似较远。

这首词虽不是白石的绝招,但幸而有这首词,让我们知道,惟性情深厚的人才可以写出朴老的词。由此积学深思,才可以证入圣境。从浮华新巧入手只能成就小家小派。我不赞成把白石道人说成江湖游士。游士或清客，是绝无这样深厚的性情的。

（曹慕樊）

永遇乐

次稼轩北固楼词韵。

云鬲迷楼[1]，苔封很石[2]，人向何处？数骑秋烟，一篙寒汐，千古空来去。使君心在，苍厓绿嶂，苦被北门留住。有尊中酒差可饮，大旗尽绣熊虎。　　前身诸葛，来游此地，数语便酬三顾。楼外冥冥，江皋隐隐，认得征西路。中原生聚，神京耆老，南望长淮金鼓。问当时依依种柳，至今在否？

〔注〕 ① 鬲：同隔。迷楼：在扬州，与镇江之北固山隔江遥遥相对，是隋炀帝幸江都时所建。　② 很石：在北固山甘露寺，状如伏羊，相传孙权曾据其上与刘备共商抗曹大计。

清人周济论宋词，标举周邦彦、辛弃疾、王沂孙、吴文英为四大家，纂辑成《宋四家词选》一书。其中，以姜夔为辛弃疾的附庸，并申说这样做的理由是："白石脱胎稼轩，变雄健为清刚，变驰骤为疏宕。"如此片面地、简单化地把姜夔归入辛派，显然是不合实际的。姜词对前代与同时诸大家转益多师，并吸取江西诗法，形成独特的艺术风格，自树一个流派。对这样一个卓然自立的大家，任何流派都是并吞不了他的。不过，如果我们把话说得实事求是一些，说姜夔虽不是稼轩的附庸，但他的词中有稼轩词的风格因素，

【鉴赏】

少数作品还是有意学辛之作，那就恰如其分了。这首《永遇乐》，正是效法辛词而又不失自己特色的一篇佳作。

宋宁宗嘉泰四年(1204)，抗金老将辛弃疾由浙东安抚使被派知镇江府。其秋，写下了“气吞万里如虎”的名篇《永遇乐·京口北固亭怀古》。姜夔此阕，即步稼轩原词之韵以和。二词同是就登北固楼事而生感之作，但主题思想与抒写方式有异。辛词怀古伤今，自抒其满怀忠愤。姜词则借古人古事以颂稼轩，通过赞扬稼轩来寄寓自己系心天下兴亡、拥护北伐大业的政治热情。此词最可贵之处，在于反映了北方人民盼望统一的迫切心情，并激励老年的辛弃疾努力完成收复中原的重任。词的上片，由楼前风景起兴，引出抗金英雄辛弃疾独当一面、统率千军万马的伟岸形象。起三句，言江山犹昔，而往古英雄已不可见。言外之意是，今日国家急需英雄以御外侮、以图中兴。这个意思与辛词开头略同，但写法与意境各异其趣。辛词起三句出语豪壮，不重写景，直呼古人，以见本怀。姜词这里却用整饬的对偶句写出此间的情境。“云鬲迷楼”，写望不见江北云雾遮隔的扬州；“苔封很石”，点北望所在之地的北固山。很石为刘备孙权共商抗曹大计之处。点此英雄遗迹，自有深意。白石有意不同辛词犯复，在情景交融的含蓄境界中别饶雄浑隽永的韵味。接下来三句：“数骑秋烟，一篙寒汐，千古空来去。”承上而来，写古代英雄往矣，只有秋烟中的征骑、寒潮中的船只，仍然年复一年空自来去。这里的意思与辛词同位句“舞榭”三句也略同，都是寓江山寂寞、时势消沉之慨，但在具体写法和风格特征上却各极其能事。辛词此处正面吊古，写已经消失的事物，笔力雄大，感慨从语气中直接流露，显得悲壮而沉郁；姜词此处却出以侧笔，写楼前景致，借千古长有之物反衬已逝的人事，暗寓感慨于言外，显得凄婉而空灵。姜词之学稼轩而善于变化，于此可见一斑。通过这一番不胜今昔之感的慨叹，呼唤当今英雄的主题就可水到渠成地展现了。

【鉴赏】

如果说，辛、姜二词的前六句怀古之意相近，而表现手段不同，那么，它们的下文就只是保留风格上的某种一致，而在内容上和抒情意象的塑造上却各趋一途，各具审美意义了。辛词的下文，继续怀古，以南朝刘宋之初两代皇帝北伐的成败，来鉴诫当今，表达自己的政见，并于篇末透露自己空具北伐壮志的悲愤。辛词的基本点，是利用典故含义来寄寓本怀。而姜夔此阕的下文，虽也迭用典实，其用途却在于塑造自己所崇敬的当代英雄——辛弃疾的形象，并在这个众望所归的英雄豪杰的形象里寄寓自己的政治理想。从"使君心在"以下至篇末，中间虽有上下片的界限，但在内容上却只是一个大段落，一个大层次，全是歌颂辛弃疾其人。"使君"三句是说：辛弃疾长期罢官闲居，本已热爱上了青崖绿嶂的田园生活，但政局的变化，国家的需要，使得他被委派到京口这个北疆门户来坐镇，无法遂其隐居之志了。这里既赞颂了辛弃疾的高雅风度，又含蓄地表示了对他长期被投降派顽固势力排斥打击的不平。上片末二句，承"北门留住"而来，描写辛弃疾在镇江练兵备战的赫赫军威。上句用东晋桓温"京口酒可饮，箕可用，兵可使"的话（见《世说新语·捷悟》刘注引《南徐州记》），切地切人又切事，可谓融化不涩，体认着题；下句以军旗之图案暗示辛弃疾部下将士的勇武，和这位主帅本人的治军有方。过片三句，进一步热烈地推崇、赞颂辛弃疾，把他比为致力北伐大业、为国事鞠躬尽瘁的伟大政治家、军事家诸葛亮，认为南宋要收复中原，非辛弃疾莫属。这三句赞语，并非溢美之词，而是南宋有识之士对辛弃疾的公论。当时的人们普遍认为辛弃疾的才德堪与古代最杰出的将相比肩，如陆游《送辛幼安殿撰造朝》云"大材小用古所叹，管仲萧何实流亚"；刘宰《贺辛待制知镇江》云"某官卷怀盖世之气，如圯下子房；剂量济时之策，若隆中诸葛"。姜夔这种坚信辛弃疾有非凡胆略才干、能使北伐成功的赞扬之辞，与稼轩原词下片借古讽今、反对无准备的北伐的那三句遥相呼应，深得唱和之旨。接下来，"楼外冥冥，江皋隐隐，认得征西路"三句，又把笔墨移到京口的远景上来。东晋桓温拜征西大将军,北讨苻秦,以及后来刘裕北伐中原之时,京口地区都是兵员和战略物资的重要集中地。这里通过对这个古今战略要地的形胜进行描绘,突出了辛弃疾对北伐的方略与路线胸有成竹。这与辛词同位句"望中犹记,风火扬州路"再次呼应,互相辉映。作者因辛弃疾所登楼眺望的,是失陷已久的中原大地,故下文"中原生聚,神京耆老,南望长淮金鼓"三句,直言达意,把笔触转入北伐这个时代的最大课题上来。白石在一般人心目中是脱离现实的清客,但这里他却丝毫没有超然尘外,而是沉痛地为北方沦陷区人民道出了迫切盼望北伐的心声。词的结尾两句,引出桓温的故事来比拟描写辛弃疾此时的激动感慨的心理,尤觉韵味深长。东晋大将桓温从江陵出发北征前秦时,看到他早年在路上种的柳树已长得很粗,不禁感叹说:"木犹如此,人何以堪!"因而攀援枝条,至于下泪。这里是在想象稼轩的心理活动道:稼轩啊,当此北伐的前夕,你在想什么?你可能在想:"我南渡之前在北方亲手栽种的依依细柳,今天一定还在吧?"这一虚拟之笔,以代稼轩倾诉挥师北伐的要求来寄托白石自己心中同样迫切的愿望,显得非常含蓄婉转,给人留下想象的余地。白石词的结尾大多含蕴丰富,摇曳生姿,意境悠远,有幽隽秀雅之致。从这篇刻意学辛的作品中,仍可看出他自己的这些优长。

(刘扬忠)

汉宫春

次韵稼轩蓬莱阁。

一顾倾吴,苎萝人不见,烟杳重湖。当时事如对弈,此亦天乎?

大夫仙去，笑人间、千古须臾。有倦客、扁舟夜泛，犹疑水鸟相呼。　　秦山对楼自绿，怕越王故垒，时下樵苏。只今倚阑一笑，然则非与？小丛解唱，倩松风、为我吹竽。更坐待、千岩月落，城头眇眇啼乌。

宋宁宗嘉泰三年（1203）六月十一日，辛弃疾被朝廷起为绍兴知府兼浙东安抚使。十二月，召赴行在。在会稽，辛弃疾先后写下《汉宫春·会稽秋风亭观雨》、《汉宫春·会稽蓬莱阁怀古》等词作，并寄与友人索和。姜夔此词，便是上述第二首的和作。为便于对比，兹将原词附录于下。辛弃疾《汉宫春·会稽蓬莱阁怀古》：

> 秦望山头，看乱云急雨，倒立江湖。不知云者为雨，雨者云乎？长空万里，被西风、变灭须臾。回首听、月明天籁，人间万窍号呼。　　谁向若耶溪上，倩美人西去，麋鹿姑苏。至今故国人望，一舸归欤？岁云暮矣，问何不、鼓瑟吹竽。君不见、王亭谢馆，冷烟寒树啼乌。

辛词所感怀的，乃吴越争霸的旧事，姜词因为和作，在内容上直承辛词。所不同者，姜词乃是换了一种格调。

“一顾倾吴”，此直用西施典故。汉代李延年曾作有《北方有佳人》歌，其词曰：“北方有佳人，绝世而独立。一顾倾人城，再顾倾人国。宁不知倾城与倾国，佳人难再得。”吴王夫差因为宠爱西施而致倾国破家。“苎萝人不见，烟杳重湖。”苎萝人，即西施，其本为越国苎萝村人。传说西施于破吴之后与范蠡泛舟五湖，不知所踪。吴越厮杀，本是男人之间的事，其中更有几多腥风血雨。作者谈及此事，却偏要从美人写起。隐身于烟水苍茫之后的美人，唤起一种别样的温柔情调，使得那段峥嵘的历史显得格外遥远，更为眼前的现实,带来了某种虚无感。稼轩之词,起得激烈,白石之词,起得悠远。稼轩之词,乃英雄之词,白石之词,乃文士之词。只此一句,便露端倪。

“当时事如对弈,此亦天乎?”此一句,将首句的这种虚无感更推进一步。彼时之人,以性命相搏,以机谋邀胜,用尽心力,但以现时观之,不过如弈棋一般,一切不外乎天意偶然。“大夫仙去,笑人间、千古须臾。”当事人已经不见了踪影,而他们所建立的所谓功业,一旦放到时间的长河中,更是渺小得不值一提。中国诗词中的悲感和虚无感,常常是从时间或空间中生出,此句是个明证。大夫,一说指文种。文种在破吴后,不听范蠡之劝,终被越王勾践所杀,葬于卧龙山(即种山)。但范蠡也曾为越大夫,故此处之大夫谓指范蠡,亦未尝不可。辛词原题怀古,此词以上文字,便是承辛词“怀古”之意而来。

“有倦客、扁舟夜泛,犹疑水鸟相呼。”到了此句,作者开始写到自身。“扁舟夜泛”,代表的是一种漂泊的生活。而一“倦”字,表明的则是一种心态。白石一生,才高而不遇,时常漂泊于江湖之中,故未免时觉身心疲倦。而上文所提到的那种历史的虚无感,无疑又加重了作者的这种倦怠感。如果千秋功业只是梦幻,人又有什么理由执着于现实人生呢?故其不免以水鸟为伴,以为其在招呼自己不如归去了。

“秦山对楼自绿,怕越王故垒,时下樵苏。”上片由古写到今,过片却又由今写到古,再扣怀古的主题。秦山,即辛词里提到的秦望山,在会稽东南,传说秦始皇曾登此山而观海。樵,取薪也。苏,取草也。樵苏,盖指砍柴打草之人。秦山因时而绿,是写眼前景,是实写。怕,则点明是想象、推测,是虚写。越王留下的遗垒边,恐怕早已经成为打柴割草人的出没之所了吧?“只今倚阑一笑,然则非与?”既然古今的功业最后都难免变成了虚无,那么当时人的所作所为,难道就都是错的么?词人有此一问,却无最终的回答。其实，在虚无作为最终结局来临之际，当时的人究竟做了怎样不同的选择，到底做了怎样不同的事情，又有什么区别呢？故此问题，还不如将其彻底悬置吧！有此一想，下句便不免又回到眼下的现实："小丛解唱，倩松风、为我吹竽。更坐待、千岩月落，城头眇眇啼乌。"既然功业如烟，英雄似梦，那还不如欣赏眼前的一切。请靓丽的女子歌唱，倾听风声吹起的天籁，坐看千山月落，城头乌鹊惊起，渺如烟尘，那又该是怎样的一番景色和一番怎样的心情！盛小丛，唐代有名的歌者。宋曾慥《类说》卷四十一"盛小丛"："李讷尚书夜登越城楼，闻歌曰：'雁门上，雁初飞。'爱其激切，召至，曰：'去籍之妓盛小丛也。'曰：'女歌何善也？'曰：'是梨园供奉南不嫌之甥，所唱不嫌授之也。'时崔元范御史赴阙，讷饯于镜湖，命小丛歌，在坐各为一绝。"因盛小丛本是越中人，故白石用其代指稼轩之侍儿，从中可以见出白石词用典之严格贴切。

对比稼轩与白石之词，稼轩之词以气胜，其写景如"秦望山头，看乱云急雨，倒立江湖"，其写声如"回首听、月明天籁，人间万窍号呼"，皆雄阔有力。而白石词，则以章法见长，其从"一顾倾吴"的"苎萝人"直写到"扁舟夜泛"的"倦客"，再由"倦客"写到"对楼自绿"的"秦山"以及"时下樵苏"的"越王故垒"，再由此写到倚风而唱的"小丛"，其回环布置，非句句读去、认真剖析而不能得其美。在义脉的转折上，稼轩显，如"岁云暮矣，问何不、鼓瑟吹竽"，以"问"领下文，则其直露；白石隐，如"只今倚阑一笑，然则非与？小丛解唱，倩松风、为我吹竽"，不用转折词，而只用意绪对思维的世界和现实的世界进行衔接，则其曲婉。宋严羽论诗有云"语忌直，意忌浅，脉忌露，味忌短"(《沧浪诗话・诗法》)，白石此词，恰好体现了宋人的这种审美喜好。白石作词，本不太喜欢用散文句法，但本词中先后两次使用了"此亦天乎"、"然则非与"这样的散文句式，这显然是受到辛弃疾原词的影响。宋人的"以文为词"，于此又可见一斑。稼轩、白石写此词时，心中无疑都存在着深

【鉴赏】

深的感慨。但因二者性格不同,故以不同的形式表现出来。刘熙载曾论二者词云:“白石,才子之词。稼轩,豪杰之词。才子、豪杰,各从其类爱之,强论得失,皆偏辞也。”(《艺概》)确为行家之论。

(刘竞飞)

缪钺 邓小军 曹慕樊 王季思 周啸天 蒋哲伦等撰写

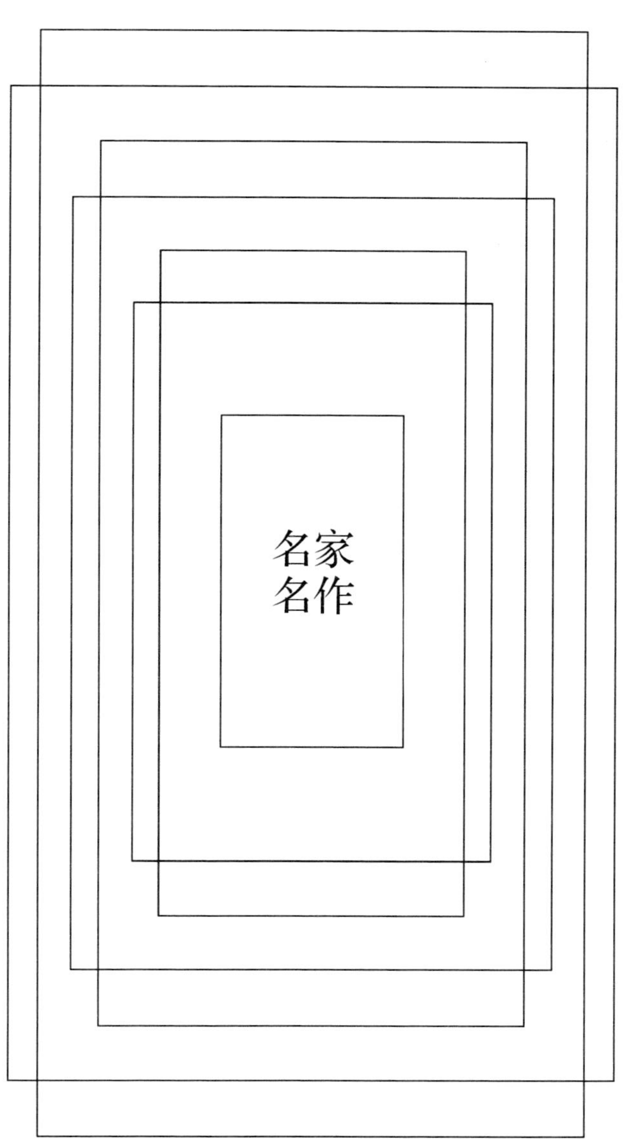

【诗】

【原文】

过德清二首

木末谁家缥缈亭，画堂临水更虚明。
经过此处无相识，塔下秋云为我生。

溪上佳人看客舟，舟中行客思悠悠。
烟波渐远桥东去，犹见阑干一点愁。

姜夔自三十三岁后寓居湖州，经常往来于湖州、杭州之间，德清县位于湖、杭中间，有水路与两地相通。《过德清二首》是一年秋季，诗人乘船过德清时所作。姜夔一生屡试不第，不曾任官，后期主要过着依附豪门的生活。因此在他的一些作品中，常表现出一种失意的落寞之情，《过德清二首》就是这样两首绝句。

诗人先写船行所见之景。舟经德清，远处的一角危亭首先从树梢间隐约显露出来，"缥缈"是高远隐约的样子，亭而缥缈，又隐隐出于木末（树梢），使人产生飘浮无定之感；再经"谁家"这一问，更具有虚幻色彩。"画堂"是华丽的厅堂，但它"临水"，清冷明澈的秋水映出它的倒影，便见空明灵透。这样的景物只会给诗人增加惆怅与寂寞，于是产生了友情慰藉的需要。这感情上的要求正是诗歌转入下句叙事的契机。"经过此处无相识"，没有相识的人，友情只是空想，诗人是孤独的。"无相识"与首句"谁家"相印证，更见诗人的孤单。这时，"塔下秋云为我生"，只有秋云像是理解诗人的孤独，前来陪伴了。塔下秋云，没有绚丽的色调，只有清冷的气息，再加上“为我生”三字，更见四顾无人，诗人的心境越发显得落寞。

第二首开头，诗人把笔从自身宕开，以自己所见的“溪上佳人”为主人公，自己的“客舟”成为佳人的目中之物。佳人为什么“看客舟”？这从温庭筠之《忆江南》“梳洗罢，独倚望江楼”而“望尽千帆”与柳永《八声甘州》之“想佳人妆楼颙望，误几回，天际识归舟”可知，佳人是在盼望亲人乘舟归来。诗人由佳人之望归舟自然联想到妻子之望自己，所以次句转写自己。“舟中行客思悠悠”，行客、佳人并不相识，但行客的悠悠之思却是佳人之“看”所触发，所以思的内容如何，无须明说，已尽在不言中了。情既无须明言，下句便转入景物渲染，注情于景，“烟波渐远桥东去”，客舟随着烟波渐行渐远，穿桥而东去了，这是实写。同时，渐远的烟波也象征着行客思绪的绵缈不尽。诗人的构思是细密的，行客的思绪是佳人所触发，所以结尾一句又回到佳人身上，但不同于首句的直写，而是反过来从行客眼中落笔：“犹见阑干一点愁。”“阑干”同栏杆，指佳人所在之处，“愁”是诗人内在之情。“犹见”二字，见佳人伫立之久；“一点”二字，既写船行的遥远，又表现愁思的凝聚。两首绝句，第一首以写景为主，间以叙事，第二首以叙事为主，间以写景，但景与事都是为了写情。末句推出一个“愁”字，这“愁”正是贯串两首的内在感情线索。

诗人采取自身与外物在情感上相交融的方式来抒情。所选取的外物第一首是秋云，第二首是佳人，秋云本无知感，佳人虽有知有情却与诗人既不相识又无关联，诗人只是通过“移情”的作用，将自己的情感赋予外物，使秋云为我而生，使佳人成为愁的对象，达到感情上的交融。无论诗人本身，还是秋云、佳人，都在“愁”中融为一体。

诗人在抒情中还运用了化实为虚、化虚为实的艺术手法。第一首，危亭画堂本是实体，但危亭着以“缥缈”二字，又加上“谁家”的疑问；再让画堂因“临水”而使它“虚明”，实物便带上了虚幻色彩。塔下秋云本是无情之物，诗人却把它幻化为有知有情以陪伴自己，使虚者转而为实。第二首"客舟"本是客观实体，但诗人从佳人眼中来写，实者转而为虚。悠悠思绪本是无形，诗人用浩渺无尽的烟波使之形象化，虚而有了实的效果。结尾处以"愁"凝结于阑干之上，更是以虚代实了。宋末张炎曾以"清空"二字概括姜夔的词风，这并不全面；但此诗虚实相生，却颇有"清空"的意味。

（顾之京）

送《朝天续集》归诚斋，时在金陵

翰墨场中老斫轮，真能一笔扫千军。
年年花月无闲日，处处山川怕见君。
箭在的中非尔力，风行水上自成文。
先生只可三千首，回施江东日暮云①。

〔注〕 ① 回施：回，掉转。施，给予。又，施或作"柂"。

绍熙二年（1191）初夏，姜夔至金陵谒杨万里（诚斋），作此诗。《朝天续集》为杨万里所作诗集名。诗中概括了诚斋的艺术成就、创作风格、表现手法，短短八句，可作一篇诚斋评传读。

首句套用黄庭坚诗"翰墨场中老伏波"（《病起荆江亭即事》）。据《庄子·天道》："轮扁曰：'臣也，以臣之事观之。斫轮，徐则甘而不固，疾则苦而不入。不疾不徐，得之于手而应于心，口不能言，有数存焉于其间。臣不能以喻臣之子，臣之子亦不能受之于臣，是以行年七十而老斫轮。'"后称经验丰富、技艺高超的人为斫轮手。杜甫《醉歌行》:“词源倒流三峡水,笔阵独扫千人军。”上句谓文势浩瀚,下句言草书纵横。白石于此,以翰墨斫轮和笔扫千军,借喻诚斋在诗歌创作上的成就。首联语言刚健遒劲,如奇峰拔地而起,足以笼盖全篇。

诚斋作诗,其兴趣主要在描写自然景色,其成就也主要体现在这些写景诗中。颔联即着眼于此。出句写其数量之多。诚斋一生作诗万首,而所写尤以花月居多,故云花无闲日,月无暇时。韩愈诗:“孟郊死葬北邙山,从此风云得暂闲。天恐文章浑断绝,更生贾岛著人间。”(《赠贾岛》)此句即袭其意。对句写其质量之高。诚斋的写景诗,刻画生动,描摹入神,可谓得山川之精,勾花月之魄,故云山川亦畏为其俘获。杜甫诗:“老去诗篇浑漫与,春来花鸟莫深愁。”(《江上值水如海势聊短述》)赵汸注:“盖诗人形容刻画,花鸟亦应愁怕,犹崔日用诗‘朝来花鸟若有情’也。”(见《杜诗详注》)此句所谓“怕”者,正是杜诗“深愁”之意。

诚斋论诗,持“活法”之说,即不受前人束缚,直写眼前景象。诚斋尝自道:“自此每过午,吏散庭空,即携一便面,步后园,登古城,采撷杞菊,攀翻花竹,万象毕来,献予诗材,盖麾之不去,前者未雠,而后者已迫,涣然未觉作诗之难也。”(《诚斋集·荆溪集序》)其写景诗,所以能裁花镂月,使山川惧怕,正在于此。《孟子·万章下》:“由射于百步之外也,其至,尔力也;其中,非尔力也。”《周易·涣》:“风行水上,涣。”苏洵言风、水二物,无意乎相求,不期而相遭,故“此亦天下之至文也”(《仲兄字文甫说》)。颈联言其诗如箭之中的,非强力所致,如风行水上,自然成文,正是道其作诗透脱、涉笔成趣的自然活泼的风格。

刘克庄道:“放翁学力也,似杜甫;诚斋天分也,似李白。”(《后村诗话》)就诗的情趣、风格而言,诚斋和太白确有某些相似之处。欧阳修《赠王介甫》,以李白、韩愈相许:“翰林风月三千首,吏部文章二百年。”杜甫《春日怀

【原文】

李白》,有“渭北春天树,江东日暮云”之句。尾联二句连读,言诚斋天分学力,足与太白相埒,故只宜作诗三千,与太白诗匹配。今诚斋之诗,远不止三千,言外之意,其诗之成就,实已超轶太白。

姜夔论诗,主“妙悟”、“圆活”之说,倡深远清和之境,其所作诗,以精妙见长。此诗出语爽利,绝无远韵,不类他作,纪昀言其“粗豪之气太重”,或因此而发。

（黄　珅）

过垂虹

自作新词韵最娇,小红低唱我吹箫。
曲终过尽松陵路,回首烟波十四桥。

这首七绝,是诗人于宋光宗绍熙二年(1191)除夕,携小红由石湖(范成大的别墅所在)范成大家,乘船归湖州(今属浙江),路过垂虹桥时所写,因此诗题也命为《过垂虹》。垂虹桥,北宋时建,地处今江苏苏州。此桥清代已废。桥东西长千余尺,前临太湖,横截松陵(吴江的别称)。河光海气,荡漾一色,乃三吴之绝景。

元人陆友《砚北杂志》有段记载:“小红,顺阳公(即范成大)青衣(家妓)也,有色艺。顺阳公之请老,姜尧章诣之。一日,授简征新声,尧章制《暗香》、《疏影》二曲,公使二妓肄习之,音节清婉。姜尧章归吴兴,公寻以小红赠之。其夕,大雪过垂虹,赋诗曰……”讲的便是这首诗的写作经过。

首句“新词”,即指《暗香》、《疏影》两首咏梅自度曲。“韵最娇”,便是上文所说"音节清婉",或诗人自谓"音节谐婉"(《暗香·序》)。首句说,自己所填的《暗香》、《疏影》两首新词,音节谐和,声调柔婉。白石乃词坛名家,因此他对自己这两曲名作,并不过谦,许为"韵最娇"。欣然自得之情,溢于言外。

次句,欢乐情绪达到高潮。诗人高兴地说,归途中,有小红为伴。一路上,小红轻启樱唇,宛转低唱我的《暗香》、《疏影》;我自己则在一旁吹箫伴奏。诗人乐不可支,似有萧史、弄玉之想。

末两句写曲终回首。二支曲子唱毕,船已经走过了很长一段路程。"过尽松陵路",实谓走过了垂虹桥,因桥"横截松陵"。故而下句道:回首远眺,但见刚刚经过的一座座画桥,如今都时隐时现,飘浮在缥缈烟波之中。其景恍如仙境,使诗人更添无限快意。

携伴佳人,吹吹唱唱,一路轻舟过垂虹,诗人陶然心醉,因此虽是隆冬雪天,诗中却毫无肃杀寒意,而是气氛热烈,情趣盎然,音调谐和,意象清雅,咏之沁人心脾。

(周慧珍)

平甫见招不欲往二首(其一)

老去无心听管弦,病来杯酒不相便。
人生难得秋前雨,乞我虚堂自在眠。

平甫,是诗人挚友、南宋著名将领张俊之孙张鉴的表字。周密《齐东野语》卷十二载有一段姜夔自叙,说:"旧所依倚,惟有张兄平甫,其人甚贤。

【鉴赏】

十年相处,情甚骨肉。”据夏承焘考证,诗人交张鉴始于绍熙四年(1193),诗人三十九岁;终于嘉泰二年(1202),是年张鉴卒,诗人四十八岁。首尾恰十年(见《姜白石词编年笺校·行实考》)。由此可推断,这首七绝当写于这十年之间,诗人四十来岁时。其时他已依倚张鉴定居在杭州。

时值夏末,张平甫邀请诗人去他家饮酒。但是,诗人没有赴会的兴致,便写了两首诗作答,本首是其一。

人届老年(诗人心境苍凉,自觉已进老年),情致淡漠,对这种宴饮酬酢的场合,未免产生一种倦怠之感,因此首句便直抒胸臆。管弦,指管乐器和弦乐器,这里代指宴会上的演奏。诗人告诉好友:年龄在逐年老去,心境渐趋平淡,我已实在没有心绪再去听那急管繁弦的演奏了,唯求耳根能够清静一些。仅此缘由,平甫定然不依,次句便进一步申说“不欲往”的原因。便,即适宜。诗人接着道:更何况,我现在健康欠佳,您也知道。病态恹恹,饮酒是不适宜的呀。理由充分,平甫不会见怪了,因此三四两句明确表白心愿。秋前雨,指夏末的雨。夏末雨可以去暑送爽。虚堂,是用《庄子》“虚室生白”的意思,形容空阔宁静的堂屋。乞,给予。诗人又向挚友恳切地说:夏末雨凉爽去暑,人生难得遇到几回。今日恰恰逢到这场好雨,因而还是让我在自己家中幽静的堂屋里自自在在地睡一会吧。

这首诗语言浅显,口吻平静。然而,诗人心境却未必如此平静。姜白石乃天涯沦落之人,政治上困顿、失意,始终是一个布衣。生活上几乎不得不完全依赖他人。为生计所迫,他长期辗转异乡,依人作客,不免时时有身世寥落之感。尤其在年过不惑的病中,更会觉得落寞怅惘。因此,他自然没有兴致去赴会,而宁可孤栖虚堂,享受“秋前雨”后的凉爽。这首诗,不仅风格沉郁,还令人觉得有一丝淡淡的悲凉情调,透纸而出。

(周慧珍)

昔游诗十五首（其五、其七、其十三）

夔蚤岁孤贫，奔走川陆，数年以来始获宁处。秋日无谓，追述旧游可喜可愕者，吟为五字古句，时欲展阅，自省生平不足以为诗也。

我乘五板船[①]，将入沌河口[②]。
大江风浪起，夜黑不见手。
同行子周子，渠胆大如斗。
长竿插芦席，船作野马走。
不知何所诣，生死付之偶。
忽闻入草声，灯火亦稍有。
杙船遂登岸，亟买野家酒。

扬舲[③]下大江，日日风雨雪。
留滞鳌背洲[④]，十日不得发。
岸冰一尺厚，刀剑触舟楫。
岸雪一丈深，屹如玉城堞。
同舟二三士，颇壮不恐慑。
蒙毡闭篷卧，波里任倾侧。
晨兴视毡上，积雪何皎洁。
欲上不得梯，欲留岸频裂。
扳援始得上，幸有人见接。
荒村两三家，寒苦衣食缺。

【原文】

买猪⑤祭波神，入市路已绝。
如今得安坐，闲对妻儿说。

既离湖口县，未至落星湾。
舟中两三程，程程见庐山。
庐山遮半天，五老⑥云为冠。
朝看金叠叠，暮看紫巉巉⑦。
瀑布在山半，仿佛认一斑。
庐山忽不见，云雨满人间。

〔注〕 ① 五板：即“五板子”，和“三板子”都是水乡使用的小船，船上一般没有桅杆等设备。钱起《江行无题》诗之九十：“一弯斜照水，三板顺风船。” ② 沌河口：《水经注·沔水》：“沔水又东经沌河口，水南通县之太白湖，湖水东南通江处，谓之沌口。”按：沌口在沌水之阳，即今汉阳。 ③ 扬舲：开船。舲，有篷窗的小船。 ④ 鳌背洲：江边的小洲，在今湖南境内。按：今湖南常德北有鳌山，其北麓滨江，为鳌背洲。 ⑤ 买猪：此处指买猪肉。⑥ 五老：庐山峰名。《浔阳记》：“山北有五峰，于庐山最为峻极，其形如河中虞乡县前五老之形，故名。” ⑦ 巉巉：山崖险峭貌。

第一首诗写江行汉阳沌口（今属湖北武汉）附近，小船在黑夜里遭遇到巨大的风浪，幸得脱险的经过。全诗分三段。第一小段四句，叙述自己乘着小船，将要进入沌河口的时候，江上陡然风浪大作，黑沉沉的夜晚，伸手不见五指，小船随时有被巨浪吞没的危险。“五板”是一种小船，船上没有桅杆和布帆，江边的人家，常常用作短途行旅的工具。沌河口，简称沌口，在汉阳的西南。这段写小船黑夜遇到风险。

第二小段六句，写同行的周君（子周子：意为周先生，前一“子”字是敬称），在风狂浪大之时，他毫不畏怯，在茫茫的夜幕里，果断而勇敢地把长竿插在舱口权当桅杆，又挂上芦席代替蒲帆。于是小船像野马一样在汹涌的浪涛中，破浪直前。当这个时刻，船上的乘客蜷伏在小舱里任其颠簸，茫然不知所往（所诣，即“所往”之意），死生也置之度外。如果能够得生，那真是偶然的事了。这一段写周君在紧急的当儿，智斗风浪的措施，妙在先不预示结果，让人们捏一把汗。

第三小段四句，写小船竟得安然脱险的经过，诗以“忽闻”两字陡转，船上的人，忽然听到船驶入江边草丛里的声音，又稍稍辨认出岸上星星的灯火，于是插下系船的小木桩（杙，小木桩。此处作动词用，意为系缆。故“杙船”即指系船于木桩），大家欣然登岸，尽快地在野店里买点酒儿压惊，共庆脱险。

全诗记叙生动简洁，语言明白如话，使人们读后有如亲历其境之感。

第二首诗回忆江行为风雪所阻，留滞在鳌背洲上的情况。全诗分两大段：“扬舲下大江”以下至“波里任倾侧”为第一大段；“晨兴视毡上”至结句“闲对妻儿说”为第二大段。

第一大段前四句写乘着有船窗的小船，在江上飘扬东下。哪知连日风雨交加，随后又朔风劲吹，飘起大雪，船停泊在江岸南边的鳌背洲旁，整整十天不能动弹，这四句点明江行情况，留滞地点和停留时间，是事件的开端。中四句写江岸边上的坚冰，竟结得有一尺多厚，像刀剑一样，不时触着舟船。岸上雪深近丈，屹立如同白玉砌成的城墙。这四句极写雪深冰厚，冰雪不仅封住了前进的道路，船儿且有触冰沉裂的危险。后四句写同行的二三友人，在这冰封雪阻的当儿，还是胆壮得很，他们谁也没有恐惧的心情，蒙上毛毡，蜷卧在篷舱里面任凭船在寒波中摇摆倾侧，泰然处之。这四句写船上乘客的情况，他们在留滞期间并不慌乱，在小船上度过大风雪的夜晚，俟机出险。以上第一大段，集中写江行遇险。

第二大段十二句，写第二天清晨脱险登岸的经过。这段前六句，写清晨醒来，毛毡上已被钻进船舱的雪片覆盖上一层厚厚的皎洁的积雪。船上的人很想登上江岸，但苦于没有梯子。江岸被冰雪堆得高高的。想留在船上，却又担心岸边冰块频频崩裂，异常危险。最后大家还是使尽气力，努力向岸上扳援，幸而岸上有居民相接，得以脱离险境。后六句写岸边的荒村上，只有三两家贫苦的住户。他们也正在寒冷的冰风素雪中忍受煎熬，他们缺衣少食，但很想买点猪肉祭祭波神，却是通往市上的路径已经断绝，就只得安坐在冰雪覆盖的小屋里，凄冷地对着他们的妻儿，诉说风雪之苦。正是"朱门歌管消寒夜，谁念江头风雪人"？这一大段以写船上的人清晨出险为主，以荒村人民贫苦的景况为衬托。在船上脱险的人们看来，这江岸边上的小茅屋里，如今就是他们感到幸福的所在了。

此诗层层转折，层层深入，语言高古简洁。用了入声韵，更增险急之感。

第三首诗仍然是写江行，具体写在彭泽湖口所见的庐山胜景。头四句写船离湖口之后，还没有赶到落星湾，在船上经过两三程水路，由于湖面开阔，庐山高大奇峭，所以程程都可以看到庐山不同的侧面，其景象也各自不同。湖口县就在彭泽湖口(原先是个集镇，南唐时，开始设县。今属江西九江)，这里和落星湾接近(落星湾在星子县，《水经注》记载："[彭泽]湖中有落星石，周回百余步，高五丈，上生竹木，传旧有星坠此，因以名焉。")。这两处都在庐山之东，在彭泽湖(又称鄱阳湖)的西北。苏轼有诗句云："不识庐山真面目，只缘身在此山中。"作者从庐山东侧的水路上看山，那么他的所见，自然只是庐山的侧面的面貌了。

次四句写庐山胜景，全从远望着笔，庐山遮蔽着半个天空，五老峰上带了云帽。早晨看上去，金光重叠，霞彩缤纷；傍晚看去，夕阳返照，紫霭增辉，陡峭的巉崖上，呈现一派嶙峋的紫绛色。真是美丽壮观，豁人心目。后四句写所见的山畔飞瀑以及山间云气蒸腾变化的奇景。庐山上的瀑布，不止一处，而以香炉峰的瀑布最为瑰丽，作者是在湖舟上遥遥相望，所以只能仿佛中想见一斑，却不能看到全貌，正在作凝思想往的时候，忽然之间满山云气，奔腾汹涌，庐山霎时隐在云层中间，再也不能看到什么了。而云雨却弥漫人间，到处是迷迷茫茫，山上、江上、湖面上，浑然一色，变化之奇特，使人顿生"山在虚无缥缈间"之感。

此诗语言清淡流畅，不着意琢炼，然而能得舟行所见庐山之神，颇有空灵缥缈之致。

（马祖熙）

次石湖书扇韵

桥西一曲水通村，岸阁浮萍绿有痕。
家住石湖人不到，藕花多处别开门。

范成大书扇的原作已佚，姜夔这首次韵却留下了石湖悠然意远的风致。淳熙十四年(1187)的夏天，姜夔从湖州赴苏州谒见范成大。范的生日是六月初四，姜夔创作歌曲《石湖仙》为他祝寿："……须信石湖仙，似鸱夷翩然引去。浮云安在，我自爱、红香绿舞。"这首书扇次韵，与词意相关，盖即一时所作。

这二十八个字，可算是惜墨如金，不仅描绘了一幅精雅、清幽的石湖图卷，而且传达出画笔难于表现的情韵。虽然范成大晚年营建的石湖别墅，经过七八百年的桑田沧海，于今早已化为劫灰，但石湖这片水域和湖堤上的九环洞桥依然存在，诗中的意境多少还可得到点印证。可以想象，姜夔当年造访石湖，是坐船而来的。“桥西一曲水通村”，自然是江南水乡特有的景色，同时也自远渐近，显现出范氏别墅的方位。湖上烟波浩渺，湖岸林荫繁密，凭什么来认得“水通村”呢？“岸阁浮萍绿有痕”，湖水和溪流相接的岸边滞留着绿色的痕迹，便是村中平静的池塘里漂流出来的浮萍。这正像武陵渔人发现水上漂流的桃花而寻到桃花源一样。“别有天地非人间”，这是个多么深邃的所在。

果然，“家住石湖人不到”。这自然是说范成大别墅的远绝烦嚣，实亦对范品格的称颂。范成大以廊庙之才，归隐江湖之上。他在朝时，希望能为恢复中原而竭智尽忠，但不得孝宗的信任，御史便挟私憾攻击，于是他落职而退隐石湖。他视富贵如浮云，惟恐缁尘再染素衣，所以“家住石湖人不到”。这“人”，应该是指那些趋炎附势，抗尘走俗的人。能够做到“人不到”，足见操守清介，志在遂初。因而，他能在隐居中怡然自乐，沉醉于自然美景之中。“藕花多处别开门”，专开门户在荷花繁盛的地方，是何等的雅人深致！这三、四两句，写景实即写人，写人的品格、胸襟、情趣。

值得注意的是，范成大自己以石湖景物为题的诗中，写到的花木不少，并没有像姜夔这样突出地写荷花。被杨万里誉为“山水之胜，东南绝境”的石湖，也不以荷花擅胜。姜夔把荷花从石湖景物中特地拈出，就使这首诗呈现出诗人很有个性的感情色彩。从他的诗词里看出，除了梅花，他对荷花倾注了深情，有独特的赏好。他可使“冷香飞上诗句”，形成一种空灵、幽远的意境，这首诗便是很好的例证之一。

（徐永年）

除夜自石湖归苕溪十首

（其一、其三、其五、其七）

细草穿沙雪半销，吴宫烟冷水迢迢。
梅花竹里无人见，一夜吹香过石桥。

黄帽[①]传呼睡不成，投篙细细激流冰。
分明旧泊江南岸，舟尾春风飐客灯。

三生定是陆天随，只向吴松[②]作客归。
已拼新年舟上过，倩[③]人和雪洗征衣。

笠泽茫茫雁影微，玉峰重叠护云衣。
长桥寂寞春寒夜，只有诗人一舸归。

〔注〕 ① 黄帽：即俗称艄公，汉代称为“黄头郎”（见《汉书·邓通传》）。 ② 吴松：吴淞江，上海境内称苏州河，为黄浦江支流。 ③ 倩：请。

本题乃组诗，共十首。光宗绍熙二年（1191）冬，诗人访石湖范成大，除夕乘舟归苕溪途中所作。

南宋陈振孙《直斋书录解题》云：“石湖范致能尤爱其诗，杨诚斋亦爱之，赏其《岁除舟行十绝》，以为有裁云缝月之妙思，敲金戛玉之奇声。”

其一写旅途即景。除夕晚上，诗人自石湖归家。残雪在地，水上行舟；

【鉴赏】

四野幽阒，夜寒袭人。油然生感，发而为诗。

前两句写远景。首句巧妙地点出时令。诗人不写寒凝大地，却状细草穿沙。撇开严冬，预报早春，立意高妙，总领全章。次句写“归”，又不滞于“归”。水悠悠流去，船徐徐前行，眺望来处，吴宫已在一片寒烟笼罩之中。此处以吴宫指代石湖所在地姑苏，吴宫荒草，冷烟渐起，自具一种萧索冷漠的气氛。而“迢迢”两字，回环的音节又平添感情色彩。此番石湖一游，颇得知遇。然诗人乃落拓游子，身世飘零之感随处触发。“南去北来何事？荡湘云楚水，目极伤心”（《一萼红》），“沉思年少浪迹……漂零久，而今何意”（《霓裳中序第一》）。这是诗人的境遇和性格所形成的一种淡泊、幽冷的个性，在诗中自然流露。

后两句写近景。夜色浓重，竹树掩映，不见梅影，但有暗香。“梅花竹里”明状梅而又不质实，“无人见”，足见境界清幽。“一夜吹香”暗写梅，极得风神飘渺之致。诗人似乎陶醉于梅香之中，不知不觉过了石桥。“姜白石词幽韵冷香，令人挹之无尽，拟诸形容，在乐则琴，在花则梅也。”（刘熙载《艺概》）此诗也是如此。

诗人构思高妙，精心选了细草、沙地、残雪、吴宫、烟水、梅花、竹丛、石桥八种景物。梅花乃主景，出之以虚笔，遗貌得神，形成“清空”的意境。这是诗人性格、情趣、修养对客观环境的契合，极见功力。正如清人朱竹垞所说，“尽洗铅华，极萧散自得之趣，故独步一时”（《曝书亭集》）。

其三写深夜舟行。题旨与上诗同，然取材角度、表现手法则异。体现出大手笔的艺术腕力。全诗取景于舟，以舟上动景入画。仿佛摄影中的特写镜头，把画面凝聚到一点。

首两句从听觉下笔，点出一个“归”字。黄帽代指舟人。他们连夜行舟，传呼不已，加上篙击流冰，嘶嘶作响。诗人因此而“睡不成”，表现了思归情切。

后两句由所闻写到所见。“睡不成”，诗人便把视线投向舱外。“分明旧泊江南岸”，一笔宕开。按理夜色深沉，视野模糊，这里却不用“依稀”、“隐约”，而说“分明”，足见诗人对江南岸印象之深。水上夜行，江南漂泊，乃姜夔谙熟之事。“夜深客子移舟处，两两沙禽惊起。”（《水龙吟》）“看尽鹅黄嫩绿，都是江南旧相识”（《淡黄柳》）。“旧泊”之处，使千思万绪，纷至沓来。对此，诗人欲说还休，并不展开。结句又把目光移到舟上。一放一收，舒卷自如。春风飐“客灯”者，实乃春意在“客心”之意，与王湾《次北固山下》“江春入旧年”一句同样高妙。旧年未尽，湖上却已春意盎然。这是诗人内心蕴含着的一种优美情致的自然流露。此句乃聚一篇之精神，语少意足，有无穷之味。

全诗意境隽美、蕴藉，体现了白石清妙秀远的诗风。

其五写舟上小景，拓开了诗人另一种思想境界。寓飘零身世于悠然超脱的意态之中。

首两句写“归”，又不同于一般之归。起句“定是”两字，寄寓了天涯漂泊之感。诗人把自己比作陆天随不无原因。唐末陆龟蒙号天随子，隐居不仕，常携书、茶灶、钓具，乘舟浪迹江湖。姜夔也因用世不得，漂泊为生，与龟蒙甚为相似。此意在其诗词中常见。“第四桥边，拟共天随住”（《点绛唇·丁未冬过吴松作》），“沉思只羡天随子，蓑笠寒江过一生”（《三高祠》）。人相似，诗亦然。杨万里为此而称赏他。“待制杨公以为‘于文无所不工’，甚似陆天随，于是为忘年友。”（见周密《齐东野语》）何况目下又适从范成大隐遁之处的石湖返回，野旷天寒，小舟激冰而行，恍若凭虚御风，远离尘嚣。一种悠然之致见于笔端。

后两句写实。“已拚”两字作承转。既已为天随后身，浪迹江湖已成定局，则舟上过年，倒也萧闲自在。“拚”乃不得不然之意。不得不在一叶扁舟上度过新年，其飘零生涯可知，一丝淡淡的哀愁从中透露而出。

【原文】

结句画面生动，情趣盎然。请人和雪洗去仆仆征尘，一种自适之趣溢于言表，但掩饰不了心境的凄凉。

其七写夜渡太湖。呈现在读者面前的是一幅空蒙淡远、清旷寂寥的冬夜行舟图，深蔚含蓄，旨隐象外。

首两句写望中景。诗人纵目太湖，但见湖水浩渺，茫无际涯，天水之际，雁影依稀可见，极具缥缈孤凄之致。凝视远方，重叠的玉峰在云雾之中，若隐若现，明灭可睹。不说"云缭绕"而说"护云衣"，融情入景。此两句意在笔先，颇有意境，确是"以实为虚，化景物为情思"（范晞文《对床夜语》）。茫茫太湖之上一点雁影，与诗人孤舟而归的漂泊之情正相契合。杜甫诗云"飘飘何所似，天地一沙鸥"（《旅夜书怀》），诗人也有"燕雁无心，太湖西畔随云去"（《点绛唇·丁未冬过吴松作》）之句，都是同样的比况。

后两句写近景。"只有诗人一舸归"。茫茫湖面，只有诗人一叶扁舟，悄然而行，俯仰之间，身世之感袭上心头，怎不倍感寂寞？

此篇之妙在落句。其一，不着声色，以景结情，收到无声胜有声的艺术效果。其二，篇末点出全文线索。诗中水、雁、云、山、桥，一些分散的物象都从诗人视野中出，以"归舟"贯串成章，意与象合，真如他自己所说，"自谓平生用心苦，神凝或与元气接"（《送项平甫倅池阳》）。

（许理绚）

湖上寓居杂咏十四首（其一、其二、其三、其九）

荷叶披披一浦凉，青芦奕奕夜吟商[1]。

平生最识江湖味，听得秋声忆故乡。

湖上风恬月淡时，卧看云影入玻璃。
轻舟忽向窗边过，摇动青芦一两枝。

秋风低结乱山愁，千顷银波凝不流。
堤畔画船堤上马，绿杨风里两悠悠。

苑墙曲曲柳冥冥，人静山空见一灯。
荷叶似云香不断，小船摇曳入西陵。

〔注〕 ① 商：古代五音（宫、商、角、徵、羽）之一。

杂咏多以组诗形式抒写零星感受，本题也是如此。宁宗庆元二、三年之间（1196—1197），诗人定居杭州，居西湖上孤山西泠。六年，作《湖上寓居杂咏》十四首。严杰《白石道人小传》说，姜夔于宁宗庆元三年，上书论雅乐，并进《大乐仪》，诏付有司收掌，时有嫉其能者，以议不合而罢。五年，又作《圣宋铙歌吹曲十四首》。但是，终于没有及第。以隐居为志的清气，正是这组《杂咏》的基调。

"荷叶披披"，西湖六七月，一片荷花世界，湖上红莲翠叶，天际新月一钩，孰不为之倾倒？然而诗人之意不在花上，却在叶边，别具深致。白石为人狷洁清高，"人之品格高者出笔必清"（孙麟趾《词径》）。他选取荷叶与青芦这类至清之物，不著色相，以淡语出之，创造出一种深远清高的境界。"披"指荷叶披散在湖面，此处用叠字"披披"，写出了荷叶的意态神韵。"一浦凉"，暗写风，著一"凉"字，表明无限秋思。与之对举的是湖边青芦。夜深人静，风吹苇叶瑟瑟作响，一片商声。"商，伤也，物既老而悲伤。"（欧阳

【鉴赏】

修《秋声赋》）这种声音凄厉而肃杀。“青芦奕奕夜吟商”乃拟人手法，“奕奕”状其态。首二句出之以对句，两用叠字，低徊要眇。

三四句一转。“平生最识江湖味”一句，内涵甚丰，乃诗人一生经历凝聚而成。“最识”两字包含无限辛酸。“早岁孤贫，再走川陆”，“少小知名翰墨场，十年心事只凄凉”，“文章信美知何用，漫赢得天涯羁旅”。凡此种种，只一语而尽。前句用比兴，此处则直赋。

结句以“秋声”两字总上思绪，以情结景。王粲怀才不遇，天涯漂泊，因赋《登楼》以抒慨。白石此诗，亦同斯旨，只是出语更为蕴藉。

“湖上风恬”一首，抒写西湖的静态美，寄寓诗人向往自然，追求宁静的心境。

首二句着意写静。风恬月淡，明湖如镜，云影悠悠，好一个空灵澄澈的境界。“卧看”二字，道出了诗人的神态。

后二句寓静于动。在静得出奇之中，一叶扁舟飘忽而过，惊动了芦苇，摇动有声，更衬出了湖上的幽静。着以“忽”、“过”两字，舟行轻疾之状毕现。动静相衬，各极其妙，白石才思可谓精细深美。

姜白石为人襟怀冲淡，出世之念多于入世之想。“道人野性如天马，欲摆青丝出帝闲。”（《次韵武伯》）宁静的性格常使他对客观世界作审美静观，本诗即此审美观的体现。

“秋风低结”一首，诗人摄取眼前景，构成一幅湖上秋意图，借萧散自得的情趣，寓苍凉落寞的心境，颇类陆龟蒙的《自遣》诗。

起首二句从远处着墨，以粗淡之笔，渲染湖上一片秋阴。“秋云低结”，西湖四周的丛峦叠翠掩映于云雾之中，只见山影明灭，满眼愁凄之状。清人黄仲则说得好：“若说西湖似西子，此时意态只宜颦。”（《游漪园暮归湖上》）“乱山愁”三字，予山以情，神态全出。“烟外山容似客容”（清黄仲则《湖楼夜起》），岂非诗人抑郁之状的写照？山情即我情，水性即吾性，山水可哀可乐，主宰的则是诗人此时此刻的心绪而已！“人之悲喜，生于境，但亦'本于心'。"(清王夫之《薑斋诗话》)此诗之谓也。

下二句笔法陡转,以清丽工细之笔刻画近景。白堤上长桥卧波的恬美幽隽境界,在愁云惨淡的背景上显得分外宁静,但见堤畔的画船和堤上的马,悠悠而过,完全是冷眼旁观的情状。白石究非汲汲于功名之辈,狷介清高的个性致使宁静的心境多于烦忧。"囊封万字总空言,露滴桐枝欲断弦;时事悠悠吾亦懒,卧看秋水浸山烟。"(《湖上寓居杂咏之八》)抒写的心情与此同。

此诗跌宕起伏,曲折多姿,以"愁"起,以"悠"结,构成复杂的诗境,此乃诗人复杂心境的曲折反映。

"苑墙曲曲"一首,写孤山西泠一带幽清的夜景。诗人选取曲苑烟柳,空山孤灯,荷叶小船等西湖风物,由远及近,由静及动,抒写西湖静趣,借以表达恬淡清静的内心世界。

一、二句写远望中的西湖夜景,境界迷离幽约,如朦胧月夜的林下美人。

三、四句写近景,以动衬静。"荷叶似云香不断"分明有风,所以香气不绝,一种动态含蕴其中。白石不写花香,偏爱叶香,清泠之气独得,亦其襟抱使然。在接天莲叶的湖塘上,小船摇曳而过,愈入愈深,把读者带进了一个幽邃的境界。

全诗动静相映,把一些彼此无关的物象连在一起,组成一支静夜曲,予人以无限幽趣。细味此诗,似饮清茶,"味淡而终不薄",令人挹之无尽。

(许理绚)

姑苏怀古

夜暗归云绕柁牙,江涵星影鹭眠沙。

行人怅望苏台柳,曾与吴王扫落花。

【鉴赏】

大凡怀古诗，起句破题，直抒古今盛衰之感。本诗则起笔疏宕，不涉题旨，以恬淡的景语出之，别具一格。

首句一个“绕”字，归云的飞动之势可感，显示出大自然正处在微妙的瞬息变幻之中。刹那间云消天开，诗人站在船上，俯视江中，只见江水澄澈，群星璀璨。在这静谧开阔的背景上，白鹭眠于沙滩，悠然自得。前句写动，后句写静，动静相形，充满画意。白石以为，作诗的最高境界是自然高妙。他说：“语贵含蓄……若句中无余字，篇中无长语，非善之善者也；句中有余味，篇中有余意，善之善者也。”（《白石道人诗说》）透过景物，追求象外之旨，则石之韫玉，水之怀珠可探。晚云悠闲，江水澄清，星斗灿烂，白鹭自适，此乃江山永恒之意。诗人蓄意刻画一个清幽的境界，是借不变的姑苏夜景暗寓变化的人事。

“鹭眠沙”一句，笔宕得极远。下联一转，“怅望”两字将全篇约束在“怀古”之思上，引入正题。此转看似突兀，实与上句脉络贯穿，极尽纵收开阖之致。“苏台柳”的形象，在宁静的夜色中依稀可见，竟使旅人愀然动色。姑苏台乃当年吴王夫差所筑之宫殿，奢侈、豪华，以供吴王淫乐。“今王既变鲧、禹之功，而高高下下，以罢民于姑苏。”（《国语·吴语》）于是越国乘虚而入，“范蠡……击鼓兴师以随使者，至于姑苏之宫……遂灭吴”。吴王身死国灭，皆因逸豫忘身所致。诗人触景生情，他身处南宋末世，国势衰微之感油然而起。当时宋金对峙，南宋朝廷苟安半壁，以为已臻承平之世，高枕无忧，于是极园囿之乐，尽声色之娱。“山外青山楼外楼，西湖歌舞几时休”的诗句，乃当时社会的真实写照。姜夔虽一生困顿，寄身豪门，然对世事国运不是漠然置之的。只不过他流露的是淡淡的内心情感而已。此处“苏台柳”俨然是历史的见证。结句“曾与吴王扫落花”，道尽了千余年来“苏台”的沧桑，怀古伤今，饶有远韵。

此诗妙在碍而实通，放得开，收得拢。一起两句不着题旨，看似闲笔，却暗逗下文，让结句翻出深意。“空中荡漾最是词家妙诀。上意本可接入下意，却偏偏不入，而于其间传神写照，乃愈使下意栩栩欲动。”（刘熙载《艺概》）此诗正是达到了这样的境界。罗大经《鹤林玉露》说：“姜尧章学诗于萧千岩，琢句精工。有诗云：‘……曾与吴王扫落花。’杨诚斋喜诵之。”白石七绝的佳处，在于既有情韵，又能设意新奇，具有笔力，可说是兼唐宋两派之长。难怪重“新趣”与“活法”的杨万里要喜而诵之。

（许理绚）

钓雪亭

阑干风冷雪漫漫，惆怅无人把钓竿。
时有官船桥畔过，白鸥飞去落前滩。

据《吴江县志》记载，宋宁宗嘉泰三年（1203），吴江县尉彭法在县境“三高祠”旁建亭，因其地名“雪滩”，又据唐柳宗元《江雪》之诗，而取名为“钓雪亭”。时姜夔已经四十八岁。《钓雪亭》诗虽未注明甲子，但可确知是他后期的作品。

据宋人林至的《钓雪亭记》，亭本“面水波之冲，湖光之影”，“江湖一色，群鸟不度，四无人声”。姜夔这一首绝句又为钓雪亭增添了一层凄冷的气氛。他开篇就把人们带进了风雪寒江的钓雪亭上。漫漫，无边无际。亭本名钓雪，又当此风雪交加的寒夜，独倚阑干，四顾无人，自然使人联想到柳宗元的著名绝句——“千山鸟飞绝，万径人踪灭。孤舟蓑笠翁，独钓寒江

【原文】

雪。”如果这时有一位钓雪的蓑笠翁，也可稍慰诗人的寂寥之感，然而此时此地，却“无人”在寒江之上风雪之中“把钓竿”，这使诗人倍加惆怅。有了这“惆怅”二字，使人感到诗人已把自己融入这钓雪亭的风雪之中。

三、四句分写官船与白鸥。诗人运用朴素的直陈语式，没有描写，没有藻饰，却使官船与白鸥形象如画，船浮鸥落，并没有静止在这画面上。这突入画面的官船与白鸥是不是为风雪寒江增添了生气而稍稍慰藉了诗人的“惆怅”呢？恰恰相反。为公事而过往的官船绝非往日喧呼欢跃的游船画舫，独落前滩的白鸥也绝非往日群鸟的争鸣翔集，这是一个虽在运动但却冷寂无声的场面。官船与白鸥的出现，为寒江钓雪亭更增凄寒之色，为诗人倍添惆怅之情。这是一种反衬手法，船与鸥之动更显出诗人心境之冷寂。

在这首小诗中，首句是诗人着力描写的景物，是他为全诗所铺设的背景。惆怅的诗人、过往的官船、飞落的白鸥既是这背景下活动着的人和物，又对这背景起着渲染气氛的作用。全诗以首句为本，然而诗人的用意却不在于绘制钓雪亭的寒江风雪图，而在于以景寄情，抒发满怀冷寂索寞之情。

（顾之京）

送范仲讷往合肥三首（其二、其三）

我家曾住赤阑桥，邻里相过不寂寥。
君若到时秋已半，西风门巷柳萧萧。

小帘灯火屡题诗，回首青山失后期。
未老刘郎定重到，烦君说与故人知。

“范仲讷”其人不详。姜夔这两首诗，从表面看来，清空如话，很容易懂，但是如果想深明其中义蕴，则需要与姜夔的词作联系起来看而加以探索。姜夔《白石道人歌曲》六十六首中，有将近三分之一的作品都与他所钟情的合肥歌女有关。因为这些词的写法隐约幽微，且多借物托喻，又往往乱以他语，所以读者多未能深明其本事。近人夏承焘作《姜白石词编年笺校》，其中有“合肥词事”一节，对于此问题做了详核的考释。其大意是说，当孝宗淳熙初年，姜夔二十余岁时，往来江淮间，曾至合肥，结识歌妓姊妹二人，善弹筝与琵琶，情好甚笃。别后时常思念。淳熙十四年(1187)，姜夔离湘鄂往湖州，沿江东下，道出金陵，曾梦见合肥情侣，作《踏莎行》。光宗绍熙元年(1190)，姜夔往合肥，次年正月，别去，作《浣溪沙》。时年约三十七岁。同年秋，又返合肥，作《凄凉犯》及《摸鱼儿》。此后词中遂无合肥踪迹，但仍时时有怀念之作。宁宗庆元三年(1197)，作《鹧鸪天》二首，有“肥水东流无尽期，当时不合种相思”、“梦中未比丹青见，暗里忽惊山鸟啼”之句。此二词乃怀念合肥情侣最后之作，时姜夔四十三岁，距初识时将二十年矣。宋代词人与歌妓往还，形诸歌咏者甚多，但是像姜夔这样用情之专且久者殊不多觏。

姜夔《送范仲讷往合肥》诗中的情思，就是与上述情况有密切关系的。范仲讷大概是初次往合肥，所以姜夔在此诗“其二”中，首先介绍他自己以前在合肥居住时的情况：“我家曾住赤阑桥，邻里相过不寂寥。”姜夔《淡黄柳》词题序中曾说：“客居合肥南城赤阑桥之西，巷陌凄凉，与江左异，惟柳色夹道，依依可怜。”可与诗中“我家曾住赤阑桥”句相印证。至于诗中“邻里相过不寂寥”的“邻里”，可能包括歌女姊妹。姜夔《淡黄柳》词云：“正岑寂，明朝又寒食。强携酒，小桥宅。”即写与歌女往来情事。所谓“小桥宅”，并非谓小桥边之宅，“小桥”是借用三国时东吴美人之名以指其钟情之歌

【鉴赏】

女。夏承焘氏笺释："《三国志·周瑜传》，大小桥皆从木，乔姓本作'桥'。"这个意见是对的。（姜夔《解连环》词："为大乔能拨春风，小乔妙移筝，雁啼秋水。"也是以大小乔喻歌女姊妹。）合肥柳树甚多，上文所引《淡黄柳》题序中即说，合肥"惟柳色夹道，依依可怜"。《凄凉犯》题序中也说："合肥巷陌皆种柳，秋风夕起骚骚然。"所以此诗末二句说："君若到时秋已半，西风门巷柳萧萧。"是预先估计之辞。同时，姜夔怀念合肥情侣之词经常说到柳，此处应亦是借柳表示对情侣的怀念。

此诗"其三"是嘱咐范仲讷到合肥后看望慰问他旧日的情侣。头两句是说，当年相聚甚欢，而别后未能如期重访。在绍熙二年（1191）姜夔离开合肥时，作《解连环》词，有"问后约空指蔷薇，算如此溪山，甚时重至"之句，可见当时临别曾指青山为誓，所以诗中说"回首青山失后期"，这并非泛话。末两句是嘱咐范仲讷对歌女姊妹说，自己一定会再来看望她们的。"刘郎"是姜夔自比，暗用古代神话传说中刘晨、阮肇入天台山采药遇仙女之事（见刘义庆《幽明录》），又活用刘禹锡《再游玄都观》诗"前度刘郎今又来"之句。"故人"，即指歌女姊妹。

据夏承焘氏考证，姜夔自从绍熙二年离开合肥后，再未重往，然则送范仲讷诗大概是绍熙二年以后之作。后来，他的"未老刘郎定重到"的愿望迄未能实现，怀念之情时时写入词中，甚为缠绵凄怆。绍熙四年所作《水龙吟》词曾云："我已情多，十年幽梦，略曾如此。"可以想见其心境矣。

这两首诗，既无华丽辞采，又无多少典故，纯用白描，平易如话，但是读起来，觉得韵味醇厚，情致沉绵，这是姜夔诗的特长。姜夔学诗是从江西派入手的，最初取法黄庭坚，步趋惟谨，很用苦心，后来"始大悟学即病，顾不若无学之为得。"（《白石道人诗集·自序》）于是从黄诗中摆脱出来而归本于自然。他主张冥心独运，深造自得，曾说："诗之不工，只是不精思耳。"姜夔作诗不多，在南宋不能成为大家，但是自有其独到之处。陈郁称赞说：

"白石姜尧章,奇声逸响,率多天然,自成一家,不随近体。"(《藏一话腴》卷下)当时名诗人萧德藻、杨万里、范成大等都推重姜夔的诗。清王士禛不喜宋诗,但是独称姜夔诗"能参活句",又说:"余于宋南渡后诗,于陆放翁之外,最喜姜夔尧章。"(《香祖笔记》)黄晦闻(节)《寒夜读白石道人集题后》诗云:"每从闲处深思得,讵向人前强学来。"(《蒹葭楼诗》)颇能道出姜夔作诗深造自得的用心之处。

(缪　钺)

京口留别张思顺

伯劳飞燕若为忙,还忆东斋夜共床。别后无书非弃我,春前会面却他乡。连宵为说经忧患,异日相逢各老苍。更欲少留天不许,晓风吹艇入垂杨。

古人常常因为宦游或谋生等故,不得不在江湖中流徙。流徙当中,难免识友或遇旧,而当分别之时,又常会有诗词酬赠。古人的这种习惯,在中国的诗词文化中催生出了一个独特的"惜别"母题。姜夔的这首诗,就属于这类"惜别"诗的作品。宋光宗绍熙二年(1191)正月,白石由合肥出发,前往金陵,于京口(镇江)遇到张思顺,遂写下此诗。张思顺,即张履信。《宋诗纪事》卷五十七:"(张)履信,字思顺,号游初,鄱阳人。侍郎南仲之子,尝监京口镇,官至连江守。"

"伯劳飞燕若为忙",此直用古人诗意。《玉台新咏》载有梁武帝歌辞一首,其首句曰:"东飞伯劳西飞燕,黄姑织女时相见。"毛奇龄《续诗传鸟名卷》卷二“七月鸣鶪”有语：“古词以伯劳与燕相较，有云‘东飞伯劳西飞燕’。谓燕以仲春来仲秋去，而鶪（按：即伯劳）以仲夏来仲冬去，来去相背，故曰东西飞。”白石用此诗意，表达出的乃是一种生命的无奈。

虽然为了生活奔忙而无法相见，但却从未有一刻忘记曾经的友情。故下文又承一句，“还忆东斋夜共床”，是知二人乃往日至交也。下句“别后无书非弃我”，“别后无书”四字，是承首句之“若为忙”意，而“非弃我”则暗承“东斋夜共床”之意。唯知交能相互理解，由此更见出二人情谊之厚。“春前会面却他乡”，一扣伯劳分飞之意，一发身世漂泊之感。

“连宵为说经忧患”，此又道眼前景，写眼前情。因久别重逢，故通宵夜语。“异日相逢各老苍”，则又转写未来他日。无论是身为朝廷官宦，还是身为山野布衣，生命的结局却是相似的。正因如此，二人的友情才能超越身份与地位的限制，实现一种生命的“通约”。

“更欲少留天不许，晓风吹艇入垂杨。”上文写别而又逢，此句则写逢而又别。“欲少留”，是有情，“晓风吹艇”，则是无情。用无情来反衬有情，人生之无奈，复现其中。

白石此诗，无高深之典故，亦无华丽之辞藻，但在章法上却极尽曲折变化之能事。现在、过去、未来，不同的时空场面在其中不断重叠交叉，确有一种缠绵之美。白石之诗，恰如其词，正需逐句品读，方能见其滋味。四库馆臣说白石诗“运思精密而风格高秀”，“高秀”云云，此诗未必能当，但就“运思精密”而言，此诗可以是一个很好的例子。

（刘竞飞）

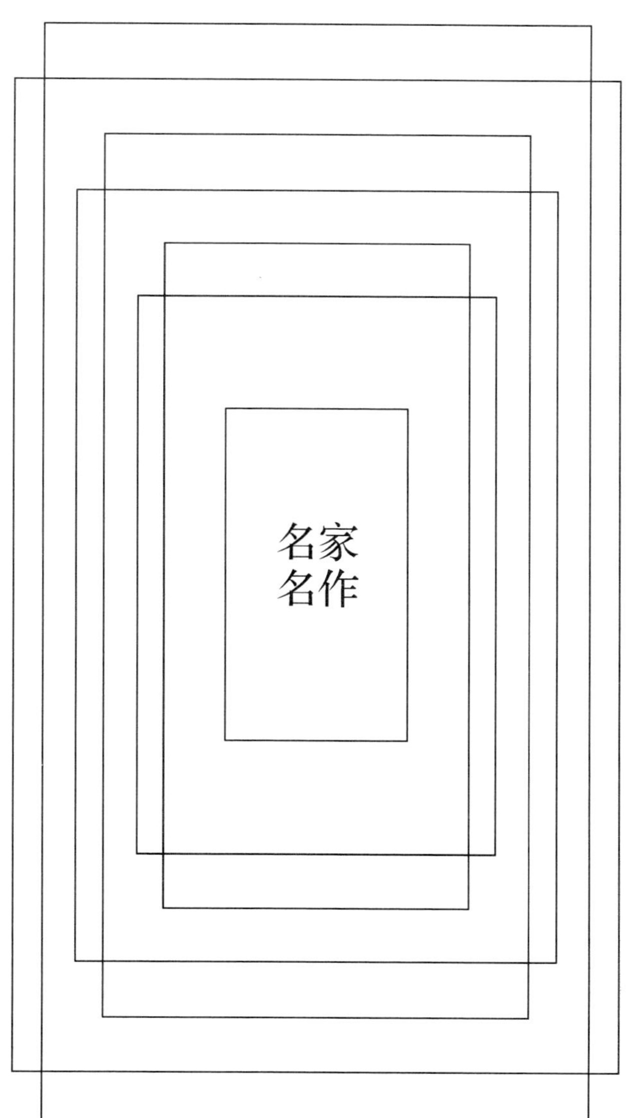

缪钺　邓小军　曹慕樊　王季思　周啸天　蒋哲伦等撰写

【附录】

姜夔生平与文学创作年表

纪　年	年岁	生平经历	主要作品	相关大事
宋高宗绍兴二十五年(1155)乙亥	1	字尧章，名夔，号石帚，鄱阳人。父姜噩，曾知汉阳县。		
绍兴三十年(1160)庚辰	6	父噩中进士，妇翁萧德藻中进士。		
绍兴三十二年(1162)壬午	8			辛弃疾自山东南来。杨万里初识萧德藻于零陵。
宋孝宗隆兴元年(1163)癸未	9	侍父宦汉阳。		三月，张焘拜参知政事，四月，罢。
宋孝宗乾道四年(1168)戊子	14	姊嫁汉川，父卒于汉阳任，约在此年前后。		
乾道九年(1173)癸巳	19	初学书。		
宋孝宗淳熙元年(1174)甲午	20	在山阳、汉川，依姊。间归饶州。		
淳熙二年(1175)乙未	21	在汉阳，交郑仁举、辛泌、杨大昌、姚刚中。		
淳熙三年(1176)丙申	22	过维扬。此后十年，至淳熙丙午，行迹不详。曾来往于江淮间。合肥情遇当在此后数年间。	词《扬州慢》(淮左名都)。	
淳熙四年(1177)丁酉	23			萧德藻为龙川丞。

续表

纪　年	年岁	生平经历	主要作品	相关大事
淳熙八年(1181)辛丑	27	初习兰亭,当在此时。		
淳熙十二年(1185)乙巳	31			萧德藻在湖北参议任。
淳熙十三年(1186)丙午	32	正月,客萧德藻之观政堂。时依萧德藻。游南岳,登七十二峰之最高峰祝融峰,发现了献神曲《黄帝盐》、《苏合香》乐谱。继而又从乐师旧书中,发现商调《霓裳羽衣曲》乐谱。七月,与杨声伯、赵景鲁、景望、萧和父等,大舟浮湘。返汉阳,寓山阳。冬,萧德藻约往湖州。过武昌,适安远楼成。	词《一萼红》(古城阴)、《霓裳中序第一》(亭皋正望极)、《清波引》(冷云迷浦)、《八归》(芳莲坠粉)、《小重山令》(人绕湘皋月坠时)、《眉妩》(看垂杨连苑)、《翠楼吟》(月冷龙沙)、《湘月》(五湖旧约)、《浣溪沙》(著酒行行满袂风)、《探春慢》(衰草愁烟);诗《待千岩》、《过湘阴寄千岩》、《洞庭八百里》、《放舟龙阳县》、《九山如马首》、《萧萧湘阴县》、《昔游桃源山》、《昔游衡山下》、《昔游衡山上》、《衡山为真宫》诸首,皆游湘作,作奉别沔鄂亲友十诗	
淳熙十四年(1187)丁未	33	正月元日,过金陵江上。二日,道金陵,北望淮楚。三月后,游杭州,以萧德藻介,谒杨万里,万里许其文无不工,似陆龟蒙,并以诗送往见范成大。夏依萧德藻居湖州。夏或曾赴苏谒范成大,范告以琵琶四曲。	词《踏莎行》(燕燕轻盈)、《杏花天影》(绿丝低拂鸳鸯浦)、《惜红衣》(簟枕邀凉)、《点绛唇》(燕雁无心)、《石湖仙》(松江烟浦);诗《次韵诚斋送仆往见石湖长句》、《次石湖书扇韵》	刘克庄生。
淳熙十五年(1188)戊申	34	客临安,还寓湖州。		

续表

纪　年	年岁	生平经历	主要作品	相关大事
淳熙十六年(1189)己酉	35	寓湖州，早春与田彝道寻梅北山沈氏圃。暮春，与萧时父载酒南郭。	词《夜行船》、《浣溪沙》(春点疏梅雨后枝)、《念楼骄》(闹红一舸)、《琵琶仙》、《鹧鸪天》(京洛风流绝代人)	
宋光宗绍熙元年(1190)庚戌	36	卜居白石洞下。客合肥，居赤阑桥西，与范仲讷为邻。六月，送王孟玉归山阴。	词《淡黄柳》	十月，杨万里除江东转运副使。元好问生。
绍熙二年(1191)辛亥	37	正月二十四日，离开合肥。晦日，泛舟巢湖。初夏，至金陵，谒诗人杨万里，在京口(镇江)遇到张思顺。六月，复过巢湖。七夕，在合肥与赵君猷坐月。载雪诣范成大于苏州。除夕，自石湖归湖州。	词《暗香》(旧时月色)、《疏影》(苔枝缀玉)、《浣溪沙》(钗燕笼云晚不忺)、《淡黄柳》(空城绕角)、《长亭怨慢》(渐吹尽)、《醉吟商小品》(又正是春归)、《秋宵吟》(古簾空)、《点绛唇(金谷人归)》、《凄凉犯》(绿杨巷陌秋风起)、《满江红》(仙姥来时)、《摸鱼儿》(向秋来)、《玉梅令》(疏疏雪片)、《解连环》(玉鞭重倚)；诗《除夜自石湖归苕溪十首》、《过垂虹》、《送朝天续集归诚斋》、《京口留别张思顺》	
绍熙三年(1192)壬子	38	居湖州。		
绍熙四年(1193)癸丑	39	春客绍兴，与张鉴、葛天民同游。陪张平甫游禹庙。秋，与黄庆长夜泛鉴湖。岁暮留越。十二月，赴苏州吊范成大，复还越。	词《水龙吟》(夜深客子移舟处)、《玲珑四犯》(叠鼓夜寒)、《莺声绕红楼》(十亩梅花作雪飞)、《角招》(为春瘦)；诗《悼范石湖》	九月，范成大卒。陆九渊卒。

续表

纪　年	年岁	生平经历	主要作品	相关大事
绍熙五年(1194)甲寅	40	春，与张鉴到杭州，观梅于孤山之西村。与俞灏燕游西湖。受知朱熹，在此前后。	诗《莺声绕红楼》	八月，朱熹为焕章阁待制，兼侍讲。闰十月，以忤韩侂胄，罢。陈亮卒。
宋宁宗庆元元年(1195)乙卯	41	三月，与张鉴同游南昌。三聘为考功郎。	诗《送项平甫倅池阳》	吴潜生。
庆元二年(1196)丙辰	42	三月，与张鉴往武康。秋，与张功父会饮张达可家。同葛天民游武康。冬，与俞灏、张鉴、葛天民自武康诣无锡。止无锡月余，将诣淮不果。腊月，与俞灏、葛天民同寓新安溪庄舍。录所得诗为一卷，名之曰《载雪录》。	词《鬲溪梅令》(好花不与殢香人)、《鹧鸪天》(曾共君侯历聘来)、《阮郎归》(红云低压碧玻璃)、《阮郎归》(旌阳宫殿昔徘徊)、《齐天乐》(庾郎先自吟愁赋)、《庆宫春》(双桨莼波)、《江梅引》(人间离别易多时)、《浣溪沙》(花里春风未觉时)、《浣溪沙》(翦翦寒花小更垂)、《浣溪沙》(雁去重云不肯啼)；诗《咏腊梅》、《武康丞宅同朴翁咏牵牛》	
庆元三年(1197)丁巳	43	正月，居杭州。四月，上书论雅乐，进《大乐仪》一卷，《琴瑟考古图》一卷。秋，在杭州。冬，送李万顷之池阳。	词《鹧鸪天》(巷陌风光纵赏时)、《鹧鸪天》(肥水东流无尽期)、《鹧鸪天》(忆昨天街预赏时)、《鹧鸪天》(辇路珠簾两行垂)、《月下笛》(与客携壶)；诗《丁巳七月望湖上书事》、《和转庵丹桂韵》	
庆元四年(1198)戊午	44		文《戊午春帖子》	
庆元五年(1199)己未	45	试礼部，不第。	诗《圣宋铙歌吹曲十四首》	孙逢吉卒，六十五岁。赵孟坚生。

续表

纪　年	年岁	生平经历	主要作品	相关大事
庆元六年(1200)庚申	46	寓西湖。	词《喜迁莺慢》(玉珂朱组);诗《湖上寓居杂咏》	朱熹卒,七十一岁。京镗卒,六十三岁。吴腊卒,七十一岁。吴文英生。
宋宁宗嘉泰元年(1201)辛酉	47	秋,入越。	词《征招》(潮回却过西陵浦);诗《昔游桃源山》、《送陈敬甫》	
嘉泰二年(1202)壬戌	48	上元,与葛天民过净林。秋,客松江。十月,于僧了洪处见保母帖。至日,编歌曲六卷成。十二月,从童道人处得定武旧刻褉帖并跋。	词《蓦山溪》(题钱氏溪月);诗《同朴翁过净林广福院》、《华亭钱参政园池》	张鉴约卒于此年左右。洪迈卒,八十岁。
嘉泰三年(1203)癸亥	49	三月十二日,再跋所得褉帖,六月九日,三跋褉帖。五月九日,绛帖平成。九月,作保母帖跋。	词《汉宫春》(云日归欤)、《汉宫春》(次韵稼轩蓬莱阁)	陈造卒,七十一岁。
嘉泰四年(1204)甲子	50	杭州舍毁。	词《念奴娇》(昔游未远)、《洞仙歌》(花中惯识)	辛弃疾建议伐金。尤袤卒。
宋宁宗开禧元年(1205)乙丑	51		词《永遇乐》(云鬲迷楼);诗《次韵胡仲方因杨伯子见寄诗》	
开禧二年(1206)丙寅	52	南游浙东,秋至括苍,游永嘉。	词《虞美人》(登烟雨楼)、《水调歌头》(日落爱山紫);诗《登乌石寺》	杨万里卒,八十岁。刘过卒。六月,张严知枢密院。
开禧三年(1207)丁卯	53		词《卜算子》(江左咏梅人)	九月,辛弃疾卒,六十八岁。
宋宁宗嘉定元年(1208)戊辰	54			谢采伯刻《续书谱》成。
嘉定二年(1209)己巳	55		文《题兰亭跋》	

续表

纪　年	年岁	生平经历	主要作品	相关大事
嘉定四年(1211)辛未	57		《春》诗二首(此据姜虬绿《白石道人诗词年谱》,今集中无此题,惟外集中有《春》词二首)	
嘉定五年(1212)壬申	58	游金陵。		
嘉定十年(1217)丁丑	63			吴潜登进士。
嘉定十二年(1219)己卯	65	客扬州。		
嘉定十四年(1221)辛巳	67	卒于西湖。		

(木　叶)

图书在版编目(CIP)数据

姜夔诗词鉴赏辞典 / 上海辞书出版社文学鉴赏辞典编纂中心编. —上海：上海辞书出版社，2015.12(2023.2 重印)
(中国文学名家名作鉴赏辞典系列)
ISBN 978-7-5326-4496-4

Ⅰ.①姜… Ⅱ.①上… Ⅲ.①姜夔(1155～1221)-宋诗-诗歌欣赏-词典 ②姜夔(1155～1221)-宋词-诗歌欣赏-词典 Ⅳ.①I207.2-61

中国版本图书馆 CIP 数据核字(2015)第 238489 号

姜夔诗词鉴赏辞典

上海辞书出版社文学鉴赏辞典编纂中心　编

责任编辑　刘小明　霍丽丽
装帧设计　姜　明
技术编辑　顾　晴

出版发行　上海世纪出版集团
上海辞书出版社(www.cishu.com.cn)
地　　址　上海市闵行区号景路 159 弄 B 座(邮编 201101)
印　　刷　上海新艺印刷有限公司
开　　本　890 毫米×1240 毫米　1/32
印　　张　5.5
字　　数　155 000
版　　次　2015 年 12 月第 1 版　2023 年 2 月第 2 次印刷
书　　号　ISBN 978-7-5326-4496-4/I·288
定　　价　88.00 元